Petra Reategui

Der erste Mord im Gässchen

AF138965

Petra Reategui

Der erste Mord im Gässchen

Neun Geschichten mit und ohne Happy End

Bibliografische Informationen der Deutschen Nationalbibliothek:
Die Deutsche Nationalbibliothek verzeichnet diese Publikation
in der Deutschen Nationalbibliografie; detaillierte bibliografische
Daten sind im Internet über http://dnb.d-nb.de abrufbar.

© 2015, Petra Reategui, Köln
Umschlaggestaltung: Roland Poferl Print-Design, Köln,
unter Verwendunge eines Fotos von Petra Reategui
Herstellung und Verlag:
BoD – Books on Demand GmbH, Norderstedt
ISBN 978-3-7386-2691-9

Inhalt

Der erste Mord im Gässchen 7

Theodoras Reise ans Meer 27

Taschentuch mit rosa Spitze 35

Strippelmann 43

Mauerfall 59

Römerlay 67

Ein hautenges rotes Kleid 79

Biegen Sie links ab! 89

Die Gräte 97

Über die Autorin 107

Der erste Mord im Gässchen

In der Nacht zum 15. August 1978 wurde Erna Selius von dem schweren vergoldeten Rahmen des Ölportraits ihrer Mutter, das über ihrem Kopfteil des Ehebetts an der Wand gehangen hatte, erschlagen. Sie war dreiundsechzig Jahre alt.

Man hatte mich gerufen, um ihr die Sterbesakramente zu erteilen. Aufgeregt wie ich damals als ganz junger Pfarrer noch war, versprach ich mich ein paar Mal. Aber ihr Mann schien meine Unsicherheit nicht zu bemerken. Mit hängenden Armen stand er, ich weiß es noch genau, in seinem grau-blau gestreiften Pyjama im Schlafzimmer und starrte auf seine Frau. Sie starb um sieben Uhr elf in der Frühe, zwei Minuten bevor Doktor Huth eintraf. Ich stammelte ein paar tröstende Worte, aber Selius senior schien weder mich wahrzunehmen noch seinen Sohn Norbert und dessen Frau, die heftig schluchzte, und so war es wohl besser, mich zu verabschieden, am Nachmittag wollte ich wiederkommen. Ich spürte, dass ich der Familie keine Hilfe war, und fühlte mich elend.

Umso dankbarer war ich Frau Erpelenz, die mich aus dem Haus der Familie Selius kommen sah und mich zu einer Tasse Kaffee einlud. Frau Erpelenz wohnt auf der anderen Straßenseite, und sie hatte durchs Küchenfenster bemerkt, dass etwas passiert sein musste.

»Ein tragisches Unglück«, bestätigte ich und wusste nicht, ob ich am ganzen Körper zitterte, weil es der erste Todesfall in meiner gerade begonnenen seelsorgerischen Laufbahn war oder weil ich noch kein Frühstück gehabt hatte. Frau Erpelenz nickte ernst, nachdem ich ihr erzählt hatte, was geschehen war.

»Ein tragisches Unglück«, wiederholte sie. Ob sie Frau Selius gekannt habe, fragte ich. Frau Erpelenz lächelte nachsichtig und schenkte mir endlich Kaffee ein. Natürlich hatte sie Frau Selius gekannt, alle in Bachwasser kennen sich. Ich aber lebte damals erst seit einer Woche in Bachwasser und kannte noch niemanden. Bevor mich das Bistum hierher geschickt hatte, dachte ich, Bachwasser läge unten im Tal am Grünbach. Jeder, der fremd in der Gegend ist, glaubt das. Aber Bachwasser liegt oben auf dem Plateau, und einen Bach gibt es weit und breit nicht. Wie die Gemeinde zu ihrem Namen gekommen ist, weiß allein der liebe Gott.

Die Kirche Sankt Antonius steht mitten im Ort, umgeben vom alten Friedhof und einer öffentlichen Grünfläche, und eigentlich ist die Kirche viel zu groß für das 800-Seelen-Dorf. Aber der Bau, fast ist man versucht von einer Kathedrale zu sprechen, stammt aus dem 12. Jahrhundert, aus einer Zeit also, als die Menschen ihr

Heil noch im Wort Gottes suchten und nicht im Fernsehen. Sie mussten damals in Scharen nach Bachwasser gepilgert sein, die Menschen. Angeblich, weil der Heilige Willibrord dort einst auf seinem Weg nach Echternach durch Handauflegen das einzige Schaf eines armen Bauern heilte; es war von einem Wolf angefallen worden.

Zwar habe ich während meiner Ausbildung zum Priester Willibrords Leben studiert und nichts über diese Begebenheit gefunden, aber später entdeckte ich in der Kirchenchronik von Bachwasser ein zweiseitiges Dokument, in dem einer meiner Vorgänger aus dem 18. Jahrhundert von dieser Geschichte berichtete. Man konnte meinen, er sei dabei gewesen. Danach, so schrieb er weiter, habe ein Massenansturm von Gläubigen auf die Bachwasser'sche Kirche eingesetzt, und diese habe vergrößert werden müssen, da von überall her Ritter, Bauern, Tagelöhner und Marktfrauen mit lahmen Pferden, verletzten Kühen, humpelnden Schäferhunden und kranken Hühnern gekommen seien. Tatsächlich fällt auf, dass das Eingangsportal von Sankt Antonius sehr viel breiter ist als das anderer Kirchen, und der steinerne Fußboden zwischen Schiff und Altarraum wirkt seltsam zerkratzt und ausgetreten. Ich mochte die große Kirche von Anfang an, und sie gefällt mir noch immer, auch wenn die wenigen Gläubigen, die sonntags zur Messe kommen, sich in der Weite des Raums fast verlieren.

Bis heute klingt mir Frau Erpelenz' warme Stimme in den Ohren, mit der sie an jenem 15. August 1978 »... ein tragisches Unglück« sagte. Wir saßen in ihrer Küche, sprachen über Bachwasser und die Familie Selius, ich trank drei Tassen Kaffee, bekam eine Scheibe Brot mit Käse und beruhigte mich allmählich.

Die Nachricht von Frau Selius' Tod verbreitete sich wie ein Lauffeuer durch den Ort. Aber anders als Frau Erpelenz zerrissen sich die meisten Bachwasserer den Mund und zogen über den armen Herrn Selius her, der angeblich fest geschlafen haben wollte. Er habe nichts von allem mitbekommen, sagte er der Polizei. Weil er nach einem anstrengenden Arbeitstag auf dem Feld tief geschlafen habe. Als er gegen fünf aufgewacht sei, habe er die Bescherung – Bescherung!, so stand es später im Verhörprotokoll – gesehen. Da habe seine Frau noch gelebt, er habe sofort den Pfarrer und den Arzt gerufen und dann seinen Sohn Norbert geweckt, der mit Frau und zwei Buben auch auf dem Hof wohnt.

»Das kann mir keiner erzählen, dass man so fest schläft und nicht hört, wie die Schwiegermutter runterkracht«, höhnte der Bäcker, und die Kundschaft im Laden pflichtete ihm bei. »Von wegen Feldarbeit«, posaunte ein anderer herum, »der hat am Abend vorher zu viel gesoffen.« »Na, wenn er's nicht mal selber war, der den Nagel in der Wand gelockert hat. Zwischen den beiden Alten gab's doch schon seit langem Krach«, argwöhnte ein Dritter hämisch, und so wie dieser dachten viele. Die Polizei aber konnte dem alten Selius nichts nachweisen, weder vorsätzlich noch fahrlässig. Ein Sachverständiger war beauftragt worden, das Loch in der Wand zu prüfen, und kam zu dem Schluss, dass sich der alte Bilderhaken sehr wohl von allein gelockert haben konnte, da in den Tagen zuvor in dem Raum neben bewusstem Schlafzimmer Umbauarbeiten stattgefunden hatten, die möglicherweise in dem alten Gemäuer zu Spannungen und Verschiebungen führten.

Seit jenem unseligen Tag sind nun bald dreißig Jahre vergangen, und ich frage mich immer wieder, warum Gott dieser Familie seine Gnade zu entziehen scheint, ja, sie bis heute auf grausame Weise auf die Probe stellt. Und wenn mich Gemeindemitglieder darauf ansprechen, stehe ich wieder so hilflos da wie damals als junger, unerfahrener Pfarrer und finde keine Worte. Denn seit jenem bedauerlichen Tag ist bis auf den Sohn Norbert die ganze Familie Selius zu Tode gekommen. Und obwohl es keinerlei Beweise gibt, sind die Leute überzeugt: »Das mit der alten Erna Selius, das war der erste Mord im Gässchen.« Wer kann, meidet die Hundsgasse, in der das Haus der Selius' steht, als ob dort der Antichrist sein Unwesen treibe. Meiers rechterhand sind nach dem dritten Todesfall weggezogen, Klagenbergs nach dem vierten, nur Frau Erpelenz lässt sich nicht beirren. Sie und Norbert Selius sind heute die letzten Bewohner im Gässchen.

Als Priester ist mir die Existenz Satans nicht fremd, dennoch weigere ich mich, ihn mit dem seltsamen Geschehen in Verbindung zu bringen, und bitte Gott um Erleuchtung. Auch Polizeihauptkommissar Säger, der drei Monate vor mir von der Kreisstadt nach Bachwasser versetzt worden war, kann sich keinen Reim darauf machen.

Vielleicht weil wir uns beide lange Zeit als die einzigen Fremden inmitten dieser gewachsenen Dorfgemeinschaft gefühlt haben – Säger ist außerdem noch für die Sicherheit und Ordnung in acht weiteren Dörfern zuständig –, hat sich zwischen uns eine gewisse Freundschaft entwickelt. Und wenn wir hin und wieder bei einem abendlichen Schoppen zusammensitzen, kommen wir stets auf die Tragödie der Familie Selius zu sprechen. Aber der Reihe nach.

Zwei Jahre nach dem Tod der seligen Frau Selius fand Norbert seinen Vater zwischen seinem Maisfeld und dem Bahndamm. Tot. Es war wieder ein fünfzehnter August. Der Regionalzug, der pünktlich um achtzehn Uhr sieben Hintereichen in Richtung Bachwasser verlassen hatte, musste ihn erwischt und, wie die Spurensicherung feststellte, etliche Meter mitgeschleift haben. Der Lokführer habe nichts bemerkt, erzählte mir Säger später.

»Kann er gestoßen worden sein?«

Säger zuckte die Schulter. »Möglich, aber auf dem Schotter waren keine Spuren auszumachen. Nur Kaugummipapierchen, Plastiktüten, leere Zigarettenschachteln. Ich frage mich, ob die Leute blind sind und die Abfallbehälter in den Waggons nicht sehen.«

Säger tippte auf Selbstmord, einen Abschiedsbrief gab es nicht.

Auch die anderen Mitglieder der Familie kamen unglücklich ums Leben. Immer im Monat August, immer an einem fünfzehnten, wenn auch nicht in aufeinander-folgenden Jahren. Zwischen dem Tod des alten Selius und dem seiner Schwiegertochter Ingrid, der Frau von Norbert, lagen zehn Jahre. Sie starb am fünfzehnten August 1990. Weil sie, wie es so viele Hausfrauen tun, Putz-mittel in die Sprudelflasche abgefüllt und dann anschei-nend nicht mehr daran gedacht hatte. Natürlich kann das mit dem fünfzehnten August Zufall gewesen sein, aber merkwürdig ist es doch, und seither steigt jedes Jahr vor diesem Datum die Anspannung in Bachwasser ins Unerträgliche. Dann knistert die Luft.

Fünf Jahre nach Ingrid Selius' Tod fiel am fünfzehn-ten August 1995 der ältere Sohn Lars die steile Stiege von Frau Erpelenz' Speicher hinunter und brach sich das Genick. Er hatte der alten Dame helfen wollen, das Gerümpel unterm Dach wegzuräumen. Frau Erpelenz fand den Jungen, als sie mit einer extragroßen Tüte Nu-gatschnittchen vom Bäcker zurückkam. Säger, der gleichzeitig mit mir eintraf, denn Frau Erpelenz hatte auch mich gerufen, schaute sich den mit verdrehten Gliedern daliegenden Toten lange an. Dann warf er sei-nem Kollegen, den ich nicht kannte, einen bedeutsamen Blick zu, und sie machten sich daran, die Treppenstufen, die Schuhe des Toten und den Karton zu untersuchen, den Lars geschleppt haben musste, als er stürzte. Denn um ihn herum lagen die aufgerissene Pappschachtel und eine Unmenge von Büchern, vergilbte Schinken, zum Teil noch aus dem 19. Jahrhundert, und eine vollständi-ge Brockhaus Enzyklopädie. »Die Schrift kann ich gar nicht mehr lesen«, brummte Säger und legte Band für Band auf die Seite. Sie fanden nichts Verdächtiges.

Ganz Bachwasser hatte sich zur Beerdigung von Lars um das offene Grab herum versammelt, dazu viele Leute aus den Nachbardörfern, aus Siebenich, Hintereichen und Pommerich, Dörfer, die ich mittlerweile auch seelsorgerisch betreue, weil wir zu wenig Priesternachwuchs haben. Norbert Selius starrte mit versteinertem Gesicht vor sich hin, Lars' jüngerer Bruder Sascha war weiß wie ein Leintuch und biss sich ununterbrochen auf die Lippen. Mit Tränen in den Augen stand Frau Erpelenz neben ihm und hatte ihren Arm um seine Schultern gelegt, was er anscheinend dankbar akzeptierte. Vielleicht fühlte sie sich schuldig, weil der Unfall in ihrem Haus passiert war.

Es war ein bewegendes Begräbnis. Gleichzeitig aber, und erfreut war ich nicht darüber, hörte ich die Leute nun nicht mehr von Zufall reden, sondern von höherer Gewalt, von göttlichem Willen. Allerdings konnte ich danach eine signifikante Zunahme der Gläubigen in der sonntäglichen Messe beobachten. Sogar in Sankt Margaretha in Siebenich, wo stets nur dieselben drei alten Frauen gekommen waren, sitzen seit Lars' Tod nun manchmal bis zu zehn Gläubige in den Kirchenbänken. Ich muss dem Jungen fast dankbar dafür sein, auch wenn das jetzt zynisch klingen mag.

Ein Jahr später fuhr Sascha lange vor dem fünfzehnten August nach England und kehrte, weil es dort ständig geregnet hatte, bleich aber gesund erst Anfang September wieder nach Bachwasser zurück. Doch im Jahr darauf, am fünfzehnten August 1997, wurde er hinterrücks von einem Pfeil, wie man ihn vom Sportbogenschießen kennt, an der rechten Schläfe getroffen, als er auf der Oberen Grünbachwiese zwischen Hintereichen und Pommerich half, Zelte für das kirchliche Jugendferienlager aufzubauen.

»Endlich mal ein sauberer Mord«, bemerkte Kommissar Säger trocken, als wir das nächste Mal beisammen saßen. Die Kollegen von der Rechtsmedizin hatten bestätigt, dass der Tod sofort eingetreten war, aber die ungewöhnliche Mordwaffe blieb ein Rätsel, denn in der ganzen Umgebung wusste man von keinem einzigen Bogenschützen. Wie sein Bruder Lars zwei Jahre zuvor war der arme Sascha nur zweiundzwanzig Jahre alt geworden.

Das war vor drei Jahren. Jetzt ist wieder August, und der einzige der Familie, der noch lebt, wortkarg, trotzig, ein Schatten seiner selbst, ist Norbert Selius. Er spricht mit kaum jemandem, fast niemand spricht mit ihm. Wenn ich den Versuch unternehme, herauszufinden, was es mit diesem verfluchten Tag auf sich haben könnte – ich merke beschämt, dass ich inzwischen zu ziemlich unchristlichen Ausdrücken neige –, gehen mir die Leute aus dem Weg. Frau Nüsser von der Buchhandlung fällt ein, dass sie Kartoffeln auf dem Herd stehen hat, und weg ist sie. Herr Oberbaum, der letzte Gastwirt von Bachwasser, muss zum Zug, obwohl um diese Uhrzeit keiner fährt, und der alte Otto stellt sich ungeniert taub.

Sie alle haben Angst, und irgendwie kann ich sie verstehen. Wenn ich durch die Straßen gehe, einen Krankenbesuch mache, ein Wegekreuz weihe, einen Bikergottesdienst draußen auf dem Fußballfeld halte, zittert und knistert die Luft. Selbst ich finde, es riecht nach Pech und Schwefel.

Nur mit Frau Erpelenz kann ich reden.

»Es muss eine Bewandtnis damit haben«, sagt sie, als ich sie auf der Straße treffe. »Beide Jungen zweiundzwanzig Jahre alt, beide gestorben an einem fünfzehnten August. Die Leute hier sind überzeugt, dass der Teufel dahinter steckt, und fast glaube ich es auch schon. Vielleicht, Herr Pfarrer, sollten Sie wie der Heilige Willibrord dem Schaf dem letzten Selius die Hand auflegen, damit die Familie von der Sünde geheilt wird.«

»Von welcher Sünde?«, frage ich.

Frau Erpelenz guckt mich an, als ob sie sich wundert, dass sie das einem Pfarrer erklären muss, und lächelt ihr freundliches Großmutterlächeln. »Na, der Selbstmord des alten Selius, Selbstmord ist doch Sünde«, sagt sie. Das alles könne doch nur die Strafe für das gottlose Tun des Familienoberhaupts sein. »Entweder er war der Mörder seiner Frau und hat sich aus schlechtem Gewissen unter den Zug geworfen, oder er konnte ihren Tod nicht verwinden und hat sich deshalb umgebracht. Aber wie dem auch sei, er hat in jedem Fall gegen Gottes Willen gehandelt, nicht wahr, Herr Pfarrer?«

Auf die Schnelle fällt mir keine Antwort ein; in gewisser Weise hat Frau Erpelenz Recht.

»Trotzdem kann einem der arme Norbert leidtun«, befindet die alte Dame. »Jetzt ist er ganz allein mit so einem Schicksal, das ist doch schlimm, und er wird ja auch immer dünner, weil er sich kaum noch was kocht. Ich bringe ihm manchmal was zu essen, einen Linseneintopf, eine Kartoffelsuppe, was ich halt gerade so habe.« Dann hat auch sie es eilig wegzukommen. »Ich habe Maria Simroth versprochen, ihr beim Putzen zu helfen. Sie wartet nicht gern.«

Ich blicke ihr nach, wie sie die Straße hinunter humpelt und um die Ecke verschwindet. Vor einem Jahr war sie mit dem Fahrrad gestürzt, seitdem ist sie nicht mehr gut zu Fuß. Auch dürfte sie inzwischen schon um die achtzig sein, Maria Simroth ist siebenundachtzig, zwei alte Damen, die sich gegenseitig helfen.

Am fünfzehnten August beschließe ich, Norbert Selius einen Besuch abzustatten. Aber er scheint sich im Haus verkrochen zu haben, denn als ich läute, macht niemand auf, obwohl sein Auto vor der Garage steht. Den ganzen nächsten Tag über bleiben die Rollläden an dem Haus in der Hundsgasse geschlossen. Norberts lauter Traktor ist weit und breit nicht zu hören und nicht zu sehen, obwohl sich die Arbeit auf dem Feld nicht von allein erledigt. Der Morgen des sechzehnten August bricht an, und bei Sonnenaufgang zieht Norbert Selius die Rollläden hoch. Er lebt, und ganz Bachwasser und Umgebung atmet auf. Bis zum nächsten fünfzehnten August …

Nur Säger gibt sich nicht zufrieden. Zwar redet er nicht viel über seine Arbeit, aber ich weiß, dass er seit dem Mord an Sascha alle Todesfälle in der Familie Selius noch einmal aufgegriffen und den letzten Überlebenden wieder und wieder befragt hat. »Der Mann ist so gesprächig wie ein Holzklotz«, seufzt er. »Außerdem sieht er schlecht aus. Er sollte mal zum Arzt gehen, aber er will nicht.«

Doch dann, und ich sage es mit einer gewissen Genugtuung, ist es Gott persönlich, der mir unerwartet den entscheidenden Hinweis liefert.

Denn als mich ein knappes Jahr später, im Juli 2001, ein befreundeter Priester aus Regensburg besucht, bringt er mir, weil er weiß, dass ich so etwas sammle, ein altes Kruzifix aus dem Nachlass einer mit ihm befreundeten Ordensschwester mit. Vorsichtig wickle ich das gute Stück aus den brüchigen Lokalseiten einer ›Süddeutschen‹, aber noch bevor ich mir den Herrn am Kreuz anschaue, fällt mein Blick auf die Überschrift eines in der Zeitung stehenden Artikels: »›Pfeil und Bogen‹ feiert Fünfzigjähriges«. Nach bescheidenem Anfang, lese ich, könne der bekannte Sportverein nunmehr auf ansehnliche Erfolge zurückblicken. Schon früh seien die besten Bogenschützen und Bogenschützinnen Deutschlands dem Klub beigetreten. Die vielen Namen, die folgen, sagen mir nichts; ich bin, leider Gottes, nun mal kein sportlicher Mensch. Aber dann bleibt mir bei einem doch das Herz stehen.

»Ich habe Ihnen etwas mitgebracht«, sage ich zu Frau Erpelenz, als ich sie am nächsten Tag besuchen gehe. Ihr Angebot, uns eine Tasse Kaffee aufzubrühen, nehme ich dankend an. Ihr Kaffee ist immer gut, kräftig und tief schwarz, mit einem Hauch Bitterschokolade.

Ebenso gespannt, wie ich es am Tag zuvor gewesen bin, schält sie das Kreuz aus dem Zeitungspapier. Ich kann in ihrem Gesicht lesen, dass sie nicht richtig weiß, ob ihr der Herr am Kreuz gefällt oder nicht. Sie will, natürlich, auch nicht unhöflich sein und bedankt sich mehr als nötig. Dann streicht sie die alte Zeitung glatt, will sie zusammenfalten – und stockt. Ich bewundere Frau Erpelenz, dass sie in ihrem Alter keine Brille zum Lesen braucht, sie muss noch immer sehr gute Augen haben. Und gute Nerven. Als sie fertig mit Lesen ist, schaut sie mich an, dann steht sie auf und geht hinaus.

Ich höre sie im Nebenzimmer rumoren, dann in der Küche, einmal höre ich die Haustüre in den Angeln quietschen und warte geduldig.

Endlich kommt sie zurück, in der Hand einen Sportbogen. »Ich habe ihn mit achtzehn von meinem Vater geschenkt bekommen. Mein Vater war ein begeisterter Schütze und ein ausgezeichneter Lehrer. Es ist selten, das ich ein Ziel verfehlt habe.«

Sie setzt sich wieder zu mir an den Tisch und schenkt sich eine zweite Tasse Kaffee ein.

»Ich werde nicht beichten, Herr Pfarrer, Sie können Hauptkommissar Säger anrufen.«

Als ich mich nicht rühre, nimmt sie einen winzigen Schluck aus ihrer Tasse.

»Der Tod von Frau Selius«, fängt sie an, »war, ob Sie es mir glauben oder nicht, wirklich ein tragisches Unglück. Aber ich wusste sofort, es war Gott, der mir einen Wink gegeben hat.«

Fast verschlucke ich mich bei diesen Worten, doch sie achtet nicht darauf.

»Ich bin nicht aus Bachwasser, ich komme aus Bayern, auch wenn man es mir nicht mehr anhört.« Sie lächelt. Wehmütig? Spöttisch? Ich könnte es nicht sagen. Dann fährt sie fort:

»Auf den Tag genau fünfzehn Jahre vor Frau Selius' Tod, am 15. August 1963 hat Norbert Selius meinen Sohn Peter in München im Englischen Garten erstochen. Polizei und Gericht folgten seiner Behauptung, es sei Notwehr gewesen. Peter habe ihn angegriffen und ausrauben wollen. Aber mein Peter war wie sein Vater, den mir der Krieg genommen hat, Gott hab ihn selig, lieb und anständig – ein Engel.«

Frau Erpelenz' Stimme ist klar, nur um ihre Augen zuckt es etwas. Dann hat sie sich wieder im Griff.

»Mein Peter hätte nicht einmal einer Fliege etwas zu Leide getan, geschweige denn einen Menschen angegriffen, aber Norbert Selius wurde freigesprochen. Ich konnte beim Prozess nicht dabei sein, ich war krank vor Schmerzen. Damals hieß ich noch Baumann, aber gleich danach nahm ich meinen Mädchennamen wieder an und rund zehn Jahre später zog ich nach Bachwasser. Ich wollte Gerechtigkeit. Ich wartete auf Gerechtigkeit, ich flehte Gott an, jeden Tag. Und Er hat mein Warten belohnt, der Tod von Erna Selius war das Zeichen gewesen. Danach wusste ich, was ich zu tun hatte. Norbert sollte der Letzte sein, damit er weiß, was es heißt, das Liebste zu verlieren.«

Die nächsten Sätze kommen so schnell, dass ich Frau Erpelenz kaum folgen kann.

»Im Jahr darauf klappte es nicht, danach aber gelang es mir, Selius senior auf den Bahndamm hoch zu locken, und ich betete zu Gott, dass er mir die Kraft geben möge, den Alten heftig genug zu schubsen, und Er hat geholfen. Ingrid war immer freundlich zu mir gewesen, daher zögerte ich eine lange Zeit, aber es musste sein, ich wusste es. Die Sache mit der Sprudelflasche war schnell gemacht, als sie mal nicht da war; auf dem Land stehen die Türen ja immer offen. Bei Lars wusste ich nicht, ob es mir gelingen würde: Die drittoberste Stufe der Speichertreppe hält nur durch einen Keil, den der Schreiner mir ganz am Anfang unterhalb der Trittfläche provisorisch eingesetzt hatte. Da ich nur selten unters Dach muss, hielt ich eine Reparatur nie für nötig. Was sich nun als Vorteil erwies, denn den Keil herausziehen und ihn dann nach dem Sturz wieder reinschieben, bevor ich Sie und den Kommissar rief, war kein Problem. Natürlich hätte Lars es überleben können, aber ich bin sicher, es war Gottes Wille, dass er starb. Mit zweiundzwanzig Jahren, wie ich es geplant hatte. Denn genauso alt war mein Engelchen gewesen, als er durch Norbert Selius' Hand umkam.«

Für einen Augenblick schweigt Frau Erpelenz. Dann fährt sie fort: »Als Sascha zweiundzwanzig wurde, wollte ich kein Risiko eingehen. Die Lösung kennen Sie. Nur bei Norbert wusste ich lange Zeit nicht, was ich tun sollte. Schauen Sie, Herr Pfarrer, ich werde nicht mehr jünger, Gott kann mich morgen schon dorthin rufen, wo mein Engelchen ist, und ich werde seinem Ruf mit Freuden folgen. Aber, und dem Herrn sei Dank, schließlich fiel mir etwas ein.«

Erschöpft lehnt sich Frau Erpelenz jetzt im Stuhl zurück. Bei ihren letzten Worten haben in mir alle Alarmglocken angeschlagen. Ich muss Säger anrufen. Ich glaube nicht, dass die alte Dame mir davonlaufen wird, nicht mit ihrem humpelnden Bein, dennoch verwünsche ich zum ersten Mal meine Abneigung gegen Handys. Frau Erpelenz scheint Gedanken lesen zu können. »Das Telefon liegt im Schlafzimmer, neben dem Bett«, sagt sie freundlich. Als ich ins Wohnzimmer zurückkomme, trinkt sie gerade den letzten Schluck des längst kalt gewordenen Kaffees und stellt die leere Tasse zurück auf den Esstisch.

»Gibt es ein Gefängnis für ältere Straftäter?«, frage ich Säger, als Frau Erpelenz zwanzig Minuten später von zwei Polizisten zum Auto geleitet wird. Er antwortet nicht, vielleicht weiß er es nicht. Beim Wegfahren winkt Frau Erpelenz zu mir herüber, hinter der Fensterscheibe sehe ich sie lächeln.

Mit dem Hauptkommissar gehe ich zu Norbert Selius. Ob alles in Ordnung sei, fragen wir. »Was soll nicht in Ordnung sein?« fragt er zurück. Ob er sich mal umschauen dürfe, fragt Säger wieder. Norbert zuckt die Schultern. »Wenn's denn sein muss, bitte.«

Im Wohnzimmer läuft der Fernseher, die Lampe hängt sicher an der Decke, Bett und Sofa wirken stabil, die Zahnpasta schmeckt nach Zahnpasta, die Bierflasche ist noch fest verschlossen, und auf dem Herd köchelt eine Linsensuppe. »Schmeckt lecker«, befindet Säger, der sie probiert. »Na, denn, guten Appetit und schönen Tag noch.« Ich sehe Säger an, dass er gern mehr davon gegessen hätte. Aber Norbert Selius ist kein guter Gastgeber.

Auf Sägers Bitte hin wird Frau Erpelenz in ihrer ersten Nacht in Polizeigewahrsam ausreichend mit Kissen, Decken, Essen und Getränken versorgt, denn trotz ihres lächelnden Gesichts wirkte sie zum Schluss ziemlich mitgenommen. Und am nächsten Tag ist die alte Dame tot.

»Wenn ihr mich fragt, Tod durch Vergiftung«, vermutet der eiligst herbeigerufene Arzt.

Norbert Selius überlebt Frau Erpelenz nur drei Monate. Allerdings stirbt er nicht am fünfzehnten August, wie es die alte Dame wohl gern gehabt hätte, sondern erst Anfang Oktober. Er stirbt auch nicht an einer Digitalis-Überdosierung wie sie. Norbert Selius stirbt nach immer wieder auftretenden Schmerzen im Oberbauch an einer Leberzirrhose. Säuferleber, munkeln ein paar Bachwasserer, aber Säger runzelt die Stirn und grübelt.

Leider ist es dieses Mal nicht unser Herrgott, der die Lösung des Falls andeutet, aber wieder eine Zeitung, übrigens wieder eine bayerische. Bei der Frühstückslektüre in seiner Pension im Allgäu, wo er jedes Jahr seinen Herbsturlaub verbringt, entdeckt Säger einen höchst interessanten Artikel. Sofort nach seiner Rückkehr ordnet er die Obduktion des Leichnams von Norbert Selius an und durchsucht höchstpersönlich die Grundstücke Erpelenz und Selius. Das Ergebnis der Obduktion bestätigt Sägers Verdacht, und aus Frau Erpelenz' Wohnung kommt der Kommissar mit einem Pflanzenbuch unterm Arm zurück. »Warten wir aufs nächste Frühjahr«, knurrt er, während er zufrieden meinen Wein probiert, den ich mir von einem Winzer aus Rheinhessen habe kommen lassen.

Und tatsächlich, im Frühling 2002 findet Hauptkommissar Säger hinter der Terrasse von Frau Erpelenz' altem Haus ein großes Beet wildblühender Blumen mit zartgelben Blütenköpfen.

»Ein hübsch giftiges Zeug«, sagt er. »Schmeckt angeblich leicht bitter, vielleicht sogar ganz pikant in Suppen und Eintöpfen.«

Er zieht das Pflanzenbuch der Toten aus seiner Jackentasche, schlägt es an der Stelle auf, an der ein Zettel steckt, und reicht es mir. »Jakobskreuzkraut«, lese ich. »… kann bei Mensch und Tier lebensbedrohliche Leberschäden verursachen.« Den nachfolgenden Satz »Der Tod kann zwischen zwei Wochen und zwei Jahren nach der Exposition eintreten« hat jemand mit Bleistift unterstrichen. Unsere liebenswürdige Frau Erpelenz? Hauptkommissar Säger grinst.

»Die gute Frau war eine hervorragende Bogenschützin und anscheinend auch eine Köchin, die sich aufs Würzen verstand.«

Wahrscheinlich ist mein Kommissarfreund im Nachhinein froh, dass der letzte Selius ein wenig geselliger Mensch gewesen ist und er nicht mehr als ein Teelöffelchen Linsensuppe zu kosten bekam. Norbert dagegen durfte Frau Erpelenz' Kochkünste über ein Jahr lang genießen. Er scheint der alten Dame dankbar für ihre Fürsorge gewesen zu sein, denn auf dem Esszimmertisch, auf dem sie am Tag ihrer Verhaftung ihre leere Kaffeetasse abstellte, hatte ich eine Flasche Weinbergpfirsichlikör stehen sehen. Mit Filzschreiber hatte quer überm Etikett »Danke, Norbert« gestanden. Irgendwie waren sie nett zueinander gewesen, die beiden letzten Bewohner des Hundsgässchens. Schade, dass dort heute niemand mehr wohnen möchte.

Theodoras Reise an Meer

Die erste Reise von Sybille Theodora liegt viele Jahrzehnte zurück. Vier, höchstens fünf war sie gewesen, doch die Tage in Möningsbrode an der Ostsee würde sie ihr ganzes Leben lang in Erinnerung behalten. Wie es allerdings zu dieser Fahrt gekommen war, erfuhr sie erst später auf Nachfrage. Weil nämlich Mutter, deren Bauch in den Wochen zuvor rund und schwer geworden war, es für das Beste gehalten hatte, sie für ein paar Wochen mit Tante Odilie in die Sommerfrische zu schicken. Zuerst hatte Theodora protestiert, aber als ihr Tante Odilie versprach, sie würden mit dem Zug ans Meer fahren, im Sand Burgen bauen, am Kai Fische fangen und jeden Tag heiße Schokolade trinken, ließ sie sich umstimmen und stopfte ihren dunkelblauen Lieblingspullover zusammen mit einem Buch, in dem ein roter Luftballon um die ganze Welt segelte, in den kleinen Kinderkoffer.

Der eine Grund, warum sie sich nachher an diese Reise so genau erinnerte, war ein kleiner Elefant, angeblich so alt wie sie, von dem ein Mann einen Tag vor ihrer Abfahrt im Radio berichtet hatte. Das Tier mit dem Rüssel, hatte er gesagt, sei hoch über dem Flüsschen Wupper aus dem fahrenden Waggon der Schwebebahn gesprungen, aber wie durch ein Wunder bis auf ein paar Kratzer am Po unversehrt geblieben.

Ob der Elefant auch einen blauen Fleck bekommen hatte und ein paar Tage lang nicht richtig auf seinem Hintern sitzen konnte, wie sie eine Woche später?

Solange sie auch grübelte, Theodora fand keine Antwort auf diese Frage. Irgendwann, als sie größer wurde, gab sie es auf, darüber nachzudenken. Nie aber würde sie vergessen, wie sie zu ihrem blauen Fleck am Allerwertesten gekommen war.

Nach einer langen Zugfahrt stieg Sybille Theodora also an der Hand ihrer Tante in Möningsbrode aus dem Zug, und weil Odilie die Nase hochstreckte, in die Luft schnupperte und sagte: »Hm, ich kann schon das Meer riechen«, streckte Theodora auch die Nase in die Luft und schnupperte. Sie wusste nicht, wie das Meer roch, denn sie hatte noch nie zuvor Meer gerochen, aber sie nickte zustimmend.

»Ich riech es auch.«

Vor allem aber roch sie den warmen Duft von frischem Brot und Hörnchen, der von der Bäckerei neben dem Bahnhof herüberwehte, und sie konnte Tante Odilie überzeugen, dass der Möningsbroder Hörnchenduft in diesem Augenblick noch viel verlockender war als das Meer. Und so marschierte Theodora kurz darauf zufrieden neben Odilie zu ihrer Ferienpension, in der linken Hand das Köfferchen mit dem dunkelblauen Pullover und dem Luftballon-Buch, in der rechten ein Marzipanhörnchen.

Theodora erinnerte sich später nicht daran, jemals mit Tante Odilie Burgen am Strand gebaut zu haben, vielleicht gab es keinen Sandstrand, vielleicht waren die Tage zu kalt, um am Wasser zu sitzen. Sie konnte sich auch nicht erinnern, dass sie Fische aus dem Meer geangelt hätten, wie Odilie es versprochen und später auch immer steif und fest behauptet hatte. Sie konnte sich aber genau erinnern, dass die Pension, in der sie wohnten, an einer Straße lag, die einen Berg hinaufführte. Und dort oben hinter dem Berg, Theodora konnte es zwar nicht sehen, aber sie war sich ganz sicher, dort oben musste etwas Seltsames vor sich gehen.

Sie merkte es natürlich nicht sofort. Erst als ihrer Puppe Werner das linke Bein abfiel, weil sie es so lange im Gelenk gedreht hatte, bis der Gummifaden gerissen war, an dem es hing, bemerkte sie den Mann mit einem Bein. Er kam den Berg herunter, mit beiden Armen stützte er sich auf Holzkrücken und bei jedem Hopser, den er vorwärts machte, schleuderte er sein rechtes Bein nach vorn, trat auf, zog die Krücken nach und schleuderte wieder das rechte Bein nach vorn. Das linke Bein fehlte.

War es auch abgerissen wie bei der Puppe Werner? Dort, an der Stelle des Körpers, wo bei Theodora das linke Bein anfing, hing bei dem Mann das linke Bein seiner Hose, gefaltet und hochgeklappt, irgendwie am Bund befestigt. Theodora starrte den Mann an, der sie nicht zu bemerken schien, sondern gekonnt den Berg hinunter und an ihr vorbei sprang.

Sie schaute ihm lange hinterher, und nach dem Mittagessen malte sie für Tante Odilie ein Bild mit einem Mann auf einem Bein. Krücken malte sie keine.

»Das kannst du aber schon gut«, lobte Odilie und versprach, mit ihr und der Puppe Werner zur Puppenklinik zu gehen, wo der Doktor das Bein wieder befestigen würde. Aus irgendeinem Grund vergaß Odilie es aber, und Theodora sagte nichts. Sie legte die Puppe Werner in ihr Bett und vergrub das abgedrehte Bein ganz unten im Papierkorb, der am nächsten Morgen vom Zimmermädchen abgeholt und geleert wurde.

Am Abend brachte Tante Odilie sie ins Bett und las ihr ein Kapitel aus dem Buch mit dem Luftballon vor. »Schlaf jetzt«, sagte sie dann und küsste die Nasenspitzen von Theodora und der Puppe Werner, »ich geh nur noch ein paar Minuten zur Köchin und trinke eine Tasse Tee mit ihr.«

Die Küche der Pension, wo die Köchin arbeitete, lag im Erdgeschoss des Hauses, und Theodora kannte den Weg dorthin gut. Er dauerte zwei Korridore und vier Treppen lang und sie wusste, dass die letzten zwei Stufen vor ihrem Zimmer laut knarrten, wenn man darauf trat. Wenn sie nicht einschlafen konnte oder wenn der Traummann sie aufschreckte, schlich sie leise über die vier Treppen und zwei Korridore zur Küche, die Köchin zog sie dann zu sich auf ihren Schoß, strich ihr die Haare aus der Stirn, und während die beiden Frauen redeten und ihren Tee aus ganz dünnen blau-weißen Tassen tranken, schlief sie ein.

Heute aber hatte sie etwas anderes vor.

Als ihre Tante die Tür hinter sich zugezogen hatte und die Treppenstufen nicht mehr knarrten, schlüpfte

Theodora aus dem Bett und holte den langen Regenschirm von Tante Odilie aus dem Ständer neben dem Kleiderschrank. Und wie für sie bereitgestellt, hing dort auch ein Spazierstock aus dunklem Holz mit einem großen gebogenen Griff. Um mehr Platz zu bekommen, musste sie einen Sessel zur Seite schieben und das kleine Tischchen, auf dem ihre Malsachen lagen. Dann konnte sie beginnen.

Sie klemmte sich Spazierstock und Regenschirm irgendwie zwischen und unter die Arme und zog ihr linkes Bein, so hoch sie konnte. Ein paar Sekunden stand sie und überlegte, was sie zuerst machen sollte, zuerst mit dem rechten Bein vorwärts hupfen und die Krücken nachziehen oder umgekehrt? Sie setzte Stock und Schirm ein Stückchen nach vorn, stützte sich darauf und versuchte mit dem rechten Bein nach vorn zu springen, ohne mit dem linken den Boden zu berühren. Aber aus irgendeinem Grund rutschte die Metallspitze des Schirms auf dem Linoleumboden des Gästezimmers weg, Theodora verlor das Gleichgewicht und fiel unsanft auf ihren Po und gegen den Bettrahmen. Eine Weile weinte sie leise, dann kroch sie zurück ins große Doppelbett. Aber sie wusste es nun genau: Nur ein Bein zu haben, tat ganz fürchterlich weh, und außerdem bekam man davon blaue Flecken.

Dennoch ließ die Sache Theodora nicht los. In den nächsten Tagen passte sie auf, ob sie den Einbeinigen wieder sehen würde. Und er kam tatsächlich. Hopste wie zuvor den Berg herunter, indem er sich geschickt auf seine Holzkrücken stützte, das rechte Bein nach vorn schleuderte, auftrat und wieder die Krücken nachzog.

Und dann entdeckte sie den zweiten Mann. Der saß in einem Stuhl mit Rädern, die er mit seinen Händen bewegte, und hatte überhaupt keine Beine. Plötzlich bemerkte Theodora auch, dass es nicht nur einen Mann mit nur einem Bein gab, sondern mehrere. Wieder anderen fehlten ein Arm oder die Hand eines Arms, sie konnte es genau sehen, denn es war ein warmer Tag, und der Mann trug ein Hemd mit kurzen Ärmeln. Daraus ragte ein Stück des Unterarmes. Sie konnte aber keine Finger sehen, der Arm hörte einfach so auf.

Die Männer kamen den steilen Berg nicht nur herunter, sie stiegen ihn auch wieder hinauf. Vorbei an ihrer Pension und vorbei am Kiosk, wo sie manchmal kurz angelehnt stehenblieben. Dann schlurften oder hüpften sie wieder schwerfällig weiter nach oben, bis dorthin, wo der Asphalt an den Himmel stieß. Für einen Augenblick konnte Theodora die Männer noch sehen, dann waren sie verschwunden. Sie wunderte sich: Wenn dort oben so etwas Schreckliches passierte, dass man den Männern Arme und Beine fortnahm, warum gingen sie dann immer wieder dorthin zurück?

Theodora malte neue Bilder mit Männern ohne Arme und Beine. Am Anfang lachte Tante Odilie darüber und zeigte ihr, wo Arme und Beine hingehörten. »Alle Menschen haben zwei Arme und zwei Beine«, belehrte sie sie.

Aber Theodora übermalte die von Tante Odilie hinzugefügten Beine und Arme mit schwarzem Bleistift. Nur einmal ließ sie einem Strichmännchen beide Beine und einen Arm. Den anderen aber radierte sie weg und malte ihn dorthin, wo auf ihrem Papier der Boden war.

Nach ein paar Tagen fand Tante Odilie das nicht mehr lustig, sie wurde fast ein bisschen böse. »Das reicht jetzt«, schimpfte sie und nahm Theodora die Malstifte weg. Und dann musste sie ihre Schuhe anziehen, denn Tante Odilie wollte ins Café an der Mühle, um den freundlichen Herrn Wippermüller zu treffen.

Anscheinend konnte nur sie, Sybille Theodora, die Männer ohne Arme und Beine sehen. Anscheinend waren sie für andere unsichtbar.

Taschentuch mit rosa Spitze

Siebenundvierzig auf vierundsechzig Zentimeter misst die Doppelseite der Zeitung. Ich hab's nachgemessen mit Mutters Zentimetermaß aus dem Nähkasten. Die Politik umfasst drei Doppelseiten, mit dem Sport sind es vier.

Ratsch – fährt das scharfe Brotmesser durch den Papierfalz. Acht Bögen sind es jetzt, die ich einmal in der Mitte falte und wieder durchsäble. Krrsch macht es. Und wieder falte ich und habe jetzt sechzehn Lagen Papier. Die lassen sich nicht mehr so leicht durchtrennen. Ich muss den Stapel teilen. Auf einem der Schnipsel Reklame für Opel Rekord und Schuhe von Salamander. Und außerdem ist am frühen Montagmorgen ein Mann tot in seiner Wohnung aufgefunden worden. *Die Polizei vermutet …*

Ich suche nach der Fortsetzung des Artikels, er muss auf einer der anderen fünfzehn Zeitungsfetzen stehen, aber ich kann ihn auf die Schnelle nicht finden.

»Bille, mach voran!«

»Ich mach ja schon.«

Ratsch! Das Messer teilt die zwei Acht-Seiten-Stapel des Zeitungspapiers in noch kleinere Rechtecke. Und auch die noch einmal in der Mitte falten und wieder schneiden …

»Bille, die kommen gleich!«

Auch Valentino will kommen, ich hab's gehört, als Lori es ihrer Freundin am Telefon erzählt hat.

»Valentino kommt«, hat sie geflüstert.

Ach, Valentino! Warum bin ich erst neun? Und Valentino ein Meter und achtzig? Wenn er Lori besuchen kommt, strahlt er mich immer mit seinen komisch grünen Augen an. »Na, Bille-Mädchen, geht's dir gut? Willst du ein Eis?« Dann schenkt er mir fünfzig Pfennig und wuselt mir mit seinen Fingern durch die Haare, sodass es mich im Nacken kitzelt. »Los, zisch ab«, schnauzt mich Lori dann regelmäßig an. »Und mach die Tür zu!«, schreit sie hinter mir her. Soll sie sie doch selber zumachen! Ich weiß gar nicht, was Valentino an der blöden Ziege findet.

Ich hab Lori versprochen, das Klopapier für die Party zu schneiden.

»Wieviel brauchst du denn«, hab ich gefragt.

»Es kommen bestimmt fünfzehn oder zwanzig: Dagmar, Bernd, Hans, Horst, Ute, Sigrid …«

»Auch Valentino?« Ich grinse.

»Ja, auch Valentino«, und sie wird rot.

»Ich mach's, wenn ich mit dabei sein darf.«

»Nie nich…, du verschwindest gefälligst in dein Zimmer.«

»Dann schneide ich auch kein Klopapier.«

»Bille, bitte, ich hab doch noch so viel zu tun, der Käseigel, die Bowle. Bitte.«

»Wenn ich dabei sein darf …«

»Na gut, aber nur am Anfang, zwei Stunden. Um

zehn liegst du im Bett. Hab ich Mutter versprochen.«

Ich knirsche mit den Zähnen, aber zehn Uhr ist besser als gar nichts.

Das scharfe Brotmesser flitzt durch die Knicke im Papier: *November 1960 wird mit der Verlängerung der Straßenbahn Linie vier begonnen.*

Ich falte, ich schneide, falte, schneide. *Zusammen mit seiner kleinen Schwester hat der neunjährige Prinz Charles vom Fenster des Buckinghampalasts …*

Hach, immer wenn es spannend wird, geht es woanders weiter. Ich finde Prinz Charles süß, weil er am selben Tag Geburtstag hat wie ich. Wir sind für einander bestimmt, das weiß ich ganz genau, und daher will ich wissen, was er am Fenster des Buckinghampalasts gemacht hat.

Die ersten von Loris Gästen kommen. An den Stimmen erkenne ich Bernd, Walter und Edith. Valentino ist nicht dabei. Noch nicht. Ich kann also weiter zwischen den Zeitungsfetzen nach Prinz Charles suchen. Aber statt dem Königssohn finde ich den Fortsetzungsroman.

Seine Hand legte sich sanft auf ihren Arm, diese feste warme Männerhand, die gestern noch sicher die Zügel der Pferde gehalten hatte. Die kräftige Hand eines Mannes, der weiß, was er will, der auch dann noch umsichtig bleiben würde, wenn die Sturmflut die Deiche bedrängte, und der sie beschützen wollte. Er drehte sie zu sich herum, schaute ihr tief in ihre meerblauen Augen und zog sie …

So was Gemeines! Schon wieder hört das Klopapier an der falschen Stelle auf.

Lori kommt in die Küche geschossen und reißt mir den Stapel Klopapier aus den Händen. »Edith muss mal.«

Ich bin beleidigt.

Was will ein Mann, der weiß, was er will?

Er blickte in ihre meerblauen Augen …

Meine Augen sind auch blau.

»Blaugrau«, fand der Polizeibeamte, der mir letztes Jahr meinen Kinderausweis gemacht hat.

»Nein, sie sind blau«, habe ich ihn angefaucht.

Aber er beharrte auf blaugrau. Jetzt steht im Ausweis blaugrau.

Aber wenn die Sonne scheint, sind sie meerblau! Und dann zieht mich Valentino …

Was macht ein Mann, wenn er eine Frau zieht?

Wieder läutet es, und – endlich! Valentino kommt die Treppe herauf! Valentino mit seinen grünen Augen, Valentino braungebrannt, Valentino gerade zurück von einer Weltreise, Valentino, der mich hochhebt.

»Na, Bille-Mädchen, geht's dir gut? Für ein Eis ist es ja heute Abend schon zu spät. Aber dafür werden wir beide nachher miteinander tanzen.«

Als er mich wieder auf den Boden abstellt, knicken mir fast die Beine weg, ich rette mich ins Badezimmer und dreh den Schlüssel um. Und wie er gerochen hat! Zum Nase in den Hemdkragen stecken und nie mehr daraus auftauchen!

Mir ist immer noch wackelig, ich setz mich aufs Klo und stöbere in den Zeitungsfetzen. Werbung, Fußball, Wetterbericht. Bis ich den Fortsetzungsroman finde.

Charlottes Herz klopfte so stark, dass sie dachte, er müsse es hören. Ihre Brust hob und senkte sich. Hin- und hergerissen zwischen dem geliebten Mann und jenem anderen, den ihr Vater als ihren zukünftigen Gemahl ausgesucht hatte, suchte sie Trost im Park, unter dem Vordach der Familienkapelle, die ihre Vorfahren einst zu Gottes Ehren haben erbauen lassen. Ein Eichhörnchen huschte vor ihr über den Weg, als wolle es ihr die Richtung zu ihrem Seelenheil zeigen. Charlotte seufzte. Tränen netzten ihre blassrosa Wangen. Als sie schon eine ganze Weile im Schatten der Kapelle gesessen hatte, war ihr, als hörte sie plötzlich Schritte, aber noch bevor sie Zeit hatte, zu erschrecken, stand er vor ihr ...

Jemand klopft an die Klotür.

»Wer immer da drin ist, Schluss! Ich muss auch mal.«

Ich raschle mit dem Papier, um zu zeigen, dass es noch länger dauert. So schnell ich kann, suche ich das Blatt, auf dem es weitergeht. Und habe Glück.

... Dies fand ich am Teich, ich nehme an, es gehört Ihnen. Oh, hauchte Charlotte, mein Spitzentaschentuch. Ich muss es verloren haben.

»Bille, verdammt noch mal.«

Lori natürlich!

»Brauchst du 'ne Schere? Andere müssen auch mal.«

»Ich bin ja schon fertig«, murmel ich und zieh ab, damit sie glauben, ich wär' wirklich auf dem Klo gewesen.

Vom Wohnzimmer dröhnt Musik auf den Flur, die ersten Paare tanzen schon, Rock n' Roll, Boogie Woogie.

»Komm, Bille, wir tanzen«, sagt Valentino.

»Sofort«, rede ich mich raus und merke, wie ich puterrot werde. »Ich muss gerade noch was holen ...«

… und verschwinde in mein Zimmer. Irgendwo müssen sie doch liegen, die bescheuerten Taschentücher, die Tante Hortensie mir zum letzten Geburtstag geschenkt hat, weiß mit rosa Spitzen. Ich stecke mir eines davon in die Rocktasche.

Valentino hat tatsächlich auf mich gewartet. Wir tanzen Boogie und Cha-Cha-Cha, Lori hat mir das beigebracht. Mir wird heiß, aber ich bin glücklich. Und dann kommt etwas Langsameres, Valentinos Kinn schwebt zwei Köpfe über mir, und ich muss meine Arme nach oben strecken, aber meine Nase ist ganz nah an seinem Hemd, und er riecht nach dem tollen Parfum, mit dem er sich von oben bis unten eingesprüht haben muss. Als die Platte zu Ende ist, fährt er mir wieder durch die Haare, was ich jetzt aber gar nicht mehr so schön finde, weil ich sie mir doch extra für ihn gekämmt habe. Unauffällig lasse ich das Spitzentaschentuch fallen und gehe langsam ins Kinderzimmer.

Es ist dunkel im Raum, die Stimmen der Platters – *I am a great pretender* – dringen gedämpft an mein Ohr.

Wann macht er nur endlich die Tür auf, um mir mein Taschentuch mit der rosa Spitze zu bringen? Eine Ewigkeit steh ich da und warte, dann überwinde ich mich, öffne vorsichtig die Zimmertür und linse in den Flur.

Valentino tanzt.

Mit Lori.

Er tanzt viel enger mit ihr als mit mir – und zwischen Zeigefinger und Mittelfinger seiner rechten Hand klemmt mein Taschentuch. Er streichelt damit über Loris Stirn, über ihre fetten Backen. Sie sieht aus wie ein Honigkuchenpferd, genauso blöd grinst sie auch.

Und jetzt ... – haucht er doch tatsächlich einen Kuss in mein Taschentuch mit der rosa Spitze, schiebt es Lori in den V-Ausschnitt ihres Pullovers, zieht sie – eng an sich und fährt ihr mit der Hand sanft über die Haare, den Rücken hinunter bis zum ... Pfff!

Ich schließe die Kinderzimmertür und verkrieche mich in mein Bett. Drüben im Wohnzimmer hat jemand den Great Pretender gegen Elvis ausgetauscht. Ich höre die Klospülung rauschen. Sollen sie sich doch mit dem Scheißfortsetzungsroman ihren Hintern abwischen!

Strippelmann

Jeden Morgen steht Herr Strippelmann auf dem kleinen Balkon seiner Zweizimmerwohnung im Frauenburger Wall drei und macht Frühgymnastik. Der Arzt hatte ihm dazu geraten. Denn seit seine Mutter, der Vater war im Krieg geblieben, vor über zwanzig Jahren gestorben war, triezte ihn niemand mehr, so dass er endlich sein Leben genießen konnte. Und das hatte er getan. Reichlich.

Ein paar Jahre würde er jetzt noch arbeiten gehen müssen, aber das städtische Fundbüro, wo sein Schreibtisch steht, liegt nur ein paar Häuser weiter, um die Ecke herum im zweiten Hinterhof der Pastor-Unfrau-Straße sieben. Es genügt also, wenn er sich erst kurz vor Arbeitsbeginn fertig macht. Im Fundbüro sitzt er fünf Tage die Woche acht Stunden auf einem mit einem weichen weinroten Kissen gepolsterten Drehstuhl, um sich herum, mit einem feinen Gespür für Ordnung, alles griffbereit zurechtgelegt, was er für die tägliche Arbeit benötigt, ohne sich erheben zu müssen. Die Gegenstände, die als gefunden abgegeben werden, legt er auf einen seitlich herangerollten Ablagetisch; gegen vier Uhr nachmittags kommt dann Mehmet von der Erdgeschosswohnung im ersten Hinterhof und verstaut nach Strippelmanns Anweisungen alles in die Regale.

Mehmet hatte lange gebettelt, Herrn Strippelmann helfen zu dürfen. Da war er sieben oder acht gewesen und den ganzen Tag über allein, weil die Eltern arbeiteten. Schließlich hatte sich Herr Strippelmann erweichen lassen, damals. Er schaute dem Jungen regelmäßig die Hausaufgaben nach, brachte ihm schon mal Schokolade mit und zeigte sich einmal in der Woche mit einem kleinen Taschengeld erkenntlich. Auch als Mehmet älter wurde, blieb das Vertrauensverhältnis zwischen ihnen bestehen. Irgendwann erhöhte Herr Strippelmann sogar das Taschengeld und war zufrieden, dass ihm jemand die Grobarbeiten abnahm.

Herr Strippelmann liebt seine Arbeit, denn die Menschen, die zu ihm kommen, sind ehrliche Menschen. Menschen, die rostige Schlüsselbunde abgeben und Geldbeutel mit fünf Euro darin. Auch Mäntel, Gebisse, Schraubenzieher, Nordic-Walking-Stöcke und einmal eine Plastiktüte mit drei Pfund Kaffee, gemahlen. Das ganze Büro hatte danach gerochen. Wundervoll. Doch Herr Strippelmann ist ein korrekter Mensch, und so übergab er die Päckchen nach angemessener Zeit dem Obdachlosenheim am Adenauerplatz zur weiteren Verwendung.

Er musste sein sonniges Gemüt vom Vater geerbt haben, den er nie kennengelernt hatte. Seine Mutter hingegen war ihm ständig in den Ohren gelegen, dass er etwas aus sich machen sollte. Was genau, verstand er nicht, aber irgendetwas; etwas, das ihn nach oben bringen würde, was immer oben bedeutete. Es hatte

etwas mit Geld zu tun, mit Parkettfußböden, Silberbe-
steck, Operngläsern. Und mit Frauen. Vor allem mit
Frauen. Seine Mutter hatte ständig von Frauen gere-
det, die er kriegen könnte, wenn er etwas aus sich machen würde.

Aber als er ihr als Sechzehnjähriger Anneliese vor-
stellte, die zugegebenermaßen ein wenig stotterte und
obendrein auf dem linken Auge schielte, schlug seine
Mutter entsetzt die Hände überm Kopf zusammen.
Nicht viel anders erging es ihm mit Hanna und der stillen, aber tierliebenden Erika. Keine gefiel seiner Mutter,
und so gab er es auf, weiter nach Frauen Ausschau zu
halten. Ohnehin befand er irgendwann, dass das Leben
ohne weibliche Ergänzung sehr viel ruhiger war und weniger Ärger und Aufregung mit sich brachte.

Herr Strippelmann ist der einzige städtische Bediens-
tete im Fundamt. Es gibt keine Kollegen, die ihn nach
der Arbeit auffordern könnten, doch einmal mit ihnen
mitzukommen. Zum Angeln an den Waldteich oder auf
ein Bier in die Wirtschaft. Also geht Herr Strippelmann,
wenn er die städtische Fundbürotür verriegelt hat, die
wenigen Schritte immer direkt nach Hause und freut
sich, dass niemand wissen will, wie denn der Tag gewesen sei. Herr Strippelmann ist kein Mensch großer Worte. Jeden dritten Abend pflegt er einen Abstecher zum
nächsten Supermarkt zu machen. Er kauft Linsensuppe
in der Dose, Räucherwürstchen, Kassler, Chips, Erdnussflips und ein paar Fläschchen Pils. Und freitags
gönnt er sich fürs Wochenende süße Teilchen vom Bä-

cker, die nach siebzehn Uhr dreißig zum halben Preis abgegeben werden. Danach strebt er eilig dem heimischen Sofa zu.

Herr Strippelmann ist zufrieden mit sich und seinem Leben. Die Fernsehbilder sind bunt, das waren sie früher nicht; einmal im Jahr gönnt er sich eine neue Hose, die dann immer eine Nummer größer ausfällt als im Jahr zuvor; dazu zwei Pullover, neue Unterwäsche und einen Pyjama. Zweimal im Jahr stellt er Blumen auf das Grab seiner Mutter, an Weihnachten und an ihrem Geburtstag. Ja, Herr Strippelmann erfüllt seine Verpflichtung als Sohn genau so korrekt, wie er die Formulare im städtischen Fundbüro sorgfältig nachhält, markiert, unterschreibt und abheftet, in einen roten oder in einen schwarzen Aktenordner, je nachdem, ob sich der Verlierer gemeldet hat oder nicht. Herr Strippelmann ist ordentlich und nichts kann ihn so schnell aus der Ruhe bringen.

Das einzige, was Herrn Strippelmann aufregt, ist der Kiosk auf seinem Weg zur Arbeit mit diesen Zeitschriften, die kaum bekleidete junge Frauen auf ihren Titelseiten zur Schau stellen, ganz gleich ob es Sommer oder Winter ist. Und das, wo hier jeden Morgen und Mittag die Grundschulkinder vorübergehen, und die Jungen sich kichernd und feixend um den Zeitungsständer drängeln und ihre Finger auf die Busen der blonden, braunen oder schwarzen Schönheiten drücken. Einmal hatte er versucht, beim Kioskbetreiber dagegen vorzugehen, und ihn gebeten, diese Obszönitäten ins Ladeninnere zu verbannen. Aber er hatte nur ein verständnisloses Schulterzucken geerntet. Seither passiert Herr Strippelmann das Geschäft mit abgewandtem Gesicht, am äußersten Rand des Gehwegs.

Herr Strippelmann hätte wundervoll immer so weiterleben können, wenn ihn da nicht eines Tages der Dackel aus Nummer fünf zuerst zähnefletschend angeknurrt und sich dann völlig überraschend und ohne Vorankündigung in sein Bein verbissen hätte. Was den Hund zu dieser unfreundlichen Tat veranlasst hatte, konnten sich weder Herr Strippelmann noch der Hundebesitzer erklären. Normalerweise wedelt Waldi immer freundlich mit dem Schwanz, wenn die drei sich begegnen. Er musste an diesem Tag schlechte Laune gehabt haben, der Waldi. Herr Schmidt, der Hundebesitzer, entschuldigte sich betreten, bezahlte Herrn Strippelmann die zerrissene Hose und beschwor ihn, zum Arzt zu gehen, um die Wunde säubern und sich eine Tetanusspritze geben zu lassen. Zuerst sträubte sich Herr Strippelmann ein wenig, dann aber befolgte er den Ratschlag doch und ließ sich noch am selben Tag die empfohlene Spritze verpassen. Als er die Nadel herauszog, betrachtete der Arzt Herrn Strippelmanns unübersehbaren Bauch und meinte, er solle vielleicht mal hin und wieder Gymnastik machen.

Zuerst war Herr Strippelmann beleidigt, dann beruhigte er sich. Wahrscheinlich war das nur so eine Macke dieses Arztes, und er gab diesen Rat allen seinen Patienten und Patientinnen.

Herr Strippelmann ist keiner, der blind gehorcht, wenn ihm jemand etwas empfiehlt oder befiehlt. Nein, ganz und gar nicht. Aber wenige Tage danach geschah es, dass er überraschend früh aufwachte, und mit einem Mal dachte er, schaden könne es ja nicht, ein wenig schwer bewegte er sich schon in der letzten Zeit. Und da die Sonne schien und es nicht kalt war, trat Herr Strippelmann an diesem 9. Juli um acht Uhr morgens auf seinen kleinen Balkon und machte Frühgymnastik. Genauer gesagt, er machte eine einzige Übung. Er hob langsam beide Arme über den Kopf und drehte dann seinen Oberkörper dreimal nach rechts und dreimal nach links.

Gerade als er, noch immer mit erhobenen Armen, von der letzten Linksdrehung wieder nach vorne kommt, erstarrt er zur Salzsäule. Drüben im Nachbarhaus, auf der anderen Seite des von der Hausmeisterin liebevoll mit Rasen, Blümchen und Gartenzwergen bestückten Hofs, bietet sich ihm ein atemberaubender Anblick. Drei Sekunden lang hält er die Arme über seinem Kopf, fünf Sekunden, zehn, er vergisst zu atmen. Dann ist dort drüben das Schauspiel vorbei. Jetzt erst lässt er seine Arme sinken, mit einem gurgelnden Geräusch weicht die angehaltene Luft aus ihm heraus.

Am nächsten Morgen, er hat sich sogar den Wecker gestellt, steht er zur selben Uhrzeit auf wie zuvor, öffnet die Balkontür, tritt hinaus in den wieder glasklaren Sommertag und beginnt seine Übung. Arme über den Kopf, Drehung dreimal nach rechts, und da kommt sie wieder, die junge Frau, die ihm den gestrigen Tag keine Sekunde mehr aus dem Kopf gegangen ist.

Ihre Wohnung hat keinen Balkon, aber die Fenster reichen bis zum Fußboden, so wie man sie heutzutage häufig einbaut, wenn Modernisierungen gemacht werden. Sie hat beide Fensterflügel weit geöffnet. Im Hintergrund erkennt er eine Schrankwand mit ein paar wenigen Büchern, eine Stehlampe, einen roten Stoff, der sich leicht im Wind bewegt, vielleicht der Vorhang oder ein dünner Schal. Er versucht, sich mit seinen Augen daran festzuhalten, aber immer wieder zieht es sie zurück zu dieser Gestalt, die sich nun reckt und streckt und die Arme vor- und zurückschlägt, zehnmal, zwanzigmal, sie scheint gar nicht mehr aufhören zu wollen.

Die Morgensonne fällt auf ihren Körper, der von einem, er kann das sehr wohl erkennen, Hauch von Stoff gerade mal eben so bedeckt ist. Eigentlich eher weniger als mehr. Das Höschen scheint so winzig zu sein, dass er sich nicht einmal sicher ist, ob sie überhaupt eines anhat. Jetzt lässt sie den Oberkörper nach vorn fallen, das Hemdchen wölbt sich ein wenig vor, auch ihre Haare fallen einer Woge gleich über den Kopf nach vorn.

Herrn Strippelmanns Augen können sich nicht von dieser Bewegung lösen. Da kommt ihr Oberkörper wieder langsam nach oben. Sie hebt die Hände über den Kopf wie er, nur höher, sehr viel höher, sie scheint sich auf die Zehen zu stellen und hochzurecken, und nun kann er wirklich genau sehen, dass da nur so etwas wie ein Dreieck im Schritt hängt, rosa oder lachsfarben, er kennt sich da nicht so gut aus, während das Hemdchen, das sie oben drüber trägt, durch die Bewegung des Oberkörpers jetzt nach unten verrutscht ist, und, wenn er sich nicht täuscht, die rechte Brust vorwitzig herauslugt. Herr Strippelmann schluckt. Er lässt seine Arme sinken, tritt rückwärts von seinem Balkon zurück ins Zimmer und schließt, mechanisch, wie aufgezogen, die Tür, ohne den Blick von der Erscheinung gegenüber zu lassen.

Erst als die Halbnackte ihr Fenster wieder zugemacht hat und in der nun undurchdringlichen Dunkelheit ihrer Wohnung verschwunden ist, erwacht Herr Strippelmann wieder zum Leben. Langsam geht er in die Küche, brüht sich einen Kaffee auf, schmiert Butter und Erdbeermarmelade auf sein Brötchen und lässt sich dann schwerfällig auf den einzigen Stuhl sinken.

»So etwas gehört verboten«, murmelt er, als er wieder denken kann. Das gehört sich nicht, andere Menschen so aufzuregen.

Er merkt nicht, dass er seine rechte Hand auf seine linke Brustseite drückt, dorthin, wo das Herz sitzt, das pocht und pocht und pocht.

Müsste er nicht sogar die Polizei rufen? Wegen Erregung öffentlichen Ärgernisses? Er als städtischer Bediensteter! Möglicherweise gibt es ja Nachbarn, noch ältere Herrschaften als er, die sich durch den morgendlichen Auftritt gestört fühlen, oder kleine Kinder, die Schaden davontragen könnten. Das darf man nicht einfach so hinnehmen, befindet er wieder, das muss man im Auge behalten!

Also steht Herr Strippelmann nun jeden Morgen pünktlich auf, tritt hinaus auf den Balkon, macht seine eine Übung und verfolgt mit angehaltenem Atem die Bewegungen des Geschöpfes von gegenüber. Und dann beginnt Herr Strippelmann nach Ablauf einer Woche seinen Bauch einzuziehen, und fügt der ersten eine zweite Übung hinzu. Er hat sie bei der jungen Dame gesehen. Sie hat ihre Arme angewinkelt über der verboten wippenden Brust gehalten, zuerst die Ellenbogen einmal kräftig nach hinten gefedert und dann beim zweiten Mal die weit ausgestreckten Arme hinter den Rücken geschnellt. Er stellt sich vor, dass sich dort ihre Handflächen berühren. Ohne dass es ihm bewusst geworden ist, macht er die Übung nach, nur dass seine Arme auf halbem Weg nicht weiter kommen. Aber ein paar Tage später merkt er, wie er sie schon ein kleines Stückchen stärker nach hinten dehnen kann, und zum ersten Mal in seinem Leben verspürt er plötzlich so etwas wie Ehrgeiz. Dieses Gefühl verwirrt ihn.

In den drei Wochen, die sie nun so gemeinsam Frühgymnastik machen, die Unbekannte von gegenüber und er, wechselt sie immer wieder die Hemdchen, die sie dazu trägt. Zweimal ist es etwas Knallrotes, das in der Morgensonne leuchtet wie pralle Kirschen, einmal ein schwarzes Nichts mit hellen Streifen, in dem aber wenigstens die Brust ordentlich auf ihrem Platz bleibt. Denn da passt er auf, damit das nicht noch einmal passiert, dass eines dieser Dinger verrutscht. Er würde die Polizei rufen! Ganz bestimmt.

Und dann, es ist schon Ende August, und sie hat wieder die kirschrote Kombination an, oben Hemd, unten Dreieck – da dreht sie sich nach drei, vier Übungen um, ihm den Rücken zu, reckt und streckt wieder die Arme in die Höhe und bewegt dabei die Beine, als ob sie eine Strickleiter nach oben klettert. Aber – und es verschlägt ihm die Sprache – dort, wo eigentlich die hintere Fortsetzung des kirschroten Dreiecks sein sollte, ist … – nichts. Rein gar nichts. Nur …, er findet kein Wort für das, was er sieht, nichts als zwei Wölbungen. Der reine Po. Splitterfasernackt. Und sein erster Gedanke ist: Wie hält das Dreieck vorne?

Er starrt auf die naturfarbenen Rundungen, die vor ihm zu tanzen scheinen, bis er schweißgebadet wieder zu sich kommt, sich ins Zimmer zurückzieht, die Tür schließt, nur um sogleich durch den Vorhang hindurch die aufreizende Zurschaustellung dort drüben weiter zu beobachten. Leider dauert sie nur noch wenige Sekunden, wahrscheinlich wurde der jungen Frau kalt, denn es ist ein trüber Tag. Herr Strippelmann sieht, wie auch sie das Fenster schließt.

Aber da geschieht etwas, womit er nicht gerechnet hat. Sie hat schon den ersten Flügel zugeschoben, da hebt sie ihre rechte Hand und winkt. Nein, er täuscht sich nicht, sie grüßt jemanden. Aber wen? Gibt es noch jemanden, der sie jeden Morgen beobachtet? Oder ist jemand im Hof, den sie kennt?

Er beugt sich vorsichtig vor, kann aber von dort, wo er sich verborgen hält, niemanden sehen. Oder hat der

Gruß ihm gegolten? Hat sie in seine Richtung gewinkt? Ihren Kopf seinem Balkon zugedreht? Seine Beine zittern, der Schweiß bricht ihm aus allen Poren. Zuerst der nackte Po, Tatbestand der Erregung öffentlichen Ärgernisses. Dann die Hand, die ihn grüßt. Er braucht jetzt dringend einen Kaffee.

Aber auch nach dem Frühstück, das er ganz im Gegensatz zu anderen Tagen in sich hineinschlingt, ohne dass er merkt, was er isst, weiß er immer noch nicht, ob er zur Polizei gehen und den sittenwidrigen Vorfall melden soll. Er sucht in seinem Kopf nach den passenden Worten und findet keine. Muss er sie als nackt oder halbnackt bezeichnen? Sollte er die vorwitzige Brust erwähnen oder sie taktvoll übergehen? Und wie das kaum vorhandene Dreieckshöschen schildern?

Noch einmal tritt er ans Fenster und schaut, verdeckt durch den Vorhang, hinüber zur Wohnung der jungen Frau, aber nichts rührt sich dort. Wie alt sie wohl ist? Dreißig, zwanzig oder womöglich unter achtzehn? So auf die Entfernung hin könnte er es nicht sagen. Endlich zieht sich Herr Strippelmann die Jacke an und macht sich auf den Weg zur Arbeit. Zwei Treppen hinunter und ein prüfender Blick in den Briefkasten. Ob sie allein lebt oder einen Freund hat? Hinter ihm fällt die Haustür ins Schloss, eine Taube pickt hektisch auf einem Brötchen herum, das sicher eines der Schulkinder verloren oder weggeworfen hat. Und wie heißt sie eigentlich? Vielleicht könnte er ihren Namen vom Klingelschild erfahren.

Keine zwanzig Schritte sind es bis zum Kiosk an der Ecke mit den unanständigen Zeitschriften. Herr Strippelmann bleibt stehen und studiert die verschiedenen Kaugummisorten, die im Schaufenster liegen. Dann die Werbung für Lotto und Toto. Langsam nähert er sich dem Zeitungsständer. Auf den Titelblättern hochsommerliche Badenixen, eine blonde Filmdiva, die er schon irgendwann einmal in einem Film gesehen hat, ein fast nacktes Dingelchen, das, nur mit einem Feuerwehrhelm bekleidet, eine Metallstange umklammert, wie der Feuerwehrmann seine Rutschstange. Unten rechts in der Ecke ganz klein ein Bild des Bundespräsidenten mit der Unterschrift: Wir schaffen es.

Herr Strippelmann zieht das Heft aus der Halterung, schaut sich um, ob ihn jemand beobachtet, dann blättert er es hastig durch, bis er mehr Bilder mit dem Dingelchen an der Feuerwehrrutschstange findet. Das Dingelchen von vorne und von hinten. Vorne mit Dreieckshöschen und hinten mit kaum sichtbaren, hauchdünnen Bändchen, die sich über die Hüften hinweg wieder nach vorne winden. So also funktioniert das.

Er stopft die Zeitschrift wieder in den Ständer und setzt seinen Weg zum städtischen Fundbüro fort. Streng genommen ist seine Nachbarin von gegenüber also nicht nackt, wenn sie ihre Gymnastik macht. Herr Strippelmann ist hochrot im Gesicht, als er die Tür aufschließt, er braucht sofort einen Schluck Wasser.

Als Mehmet am Nachmittag kommt, geht es Herrn Strippelmann wieder besser, er steht sogar von seinem mit dem weinroten Kissen gepolsterten Drehstuhl auf, um mit dem Jungen gemeinsam die abgegebenen Gegenstände zu versorgen, darunter ein Staubsauger und eine Plastiktüte mit fünf Büchern. Vier Reiseführer, Amsterdam, Kapstadt, Honolulu und Alaska, und ein Fischkochbuch. Er schaut sich die Bilder an, auf weißen Tellern appetitlich angerichtete glänzende Schollenfilets, gefüllte Seelachsröllchen, gegrillter Thunfisch. Die Fotos gefallen ihm, vielleicht wäre das mal eine Abwechslung zur üblichen Büchsensuppe.

Am nächsten Morgen tritt Herr Strippelmann zehn Minuten später auf den Balkon. Extra, um zu sehen, ob sie vielleicht schon vor ihm da ist. Aber auch sie kommt heute zehn Minuten später, also wieder kurz nach ihm. Und am Tag danach, als Herr Strippelmann seine Morgengymnastik eine Viertelstunde früher beginnt, dauert es keine Minute, dass auch sie erscheint. Hat sie am Tag zuvor erst gegrüßt, nachdem sie ihre Übungen beendet hatte, winkt sie heute sofort zu Beginn der Gymnastik herüber. Jetzt ist sich Herr Strippelmann sicher: Der Gruß gilt ihm. Verlegen hebt er seine rechte Hand in Schulterhöhe und bewegt sie einmal kaum merklich hin und her. Das Blut schießt ihm in den Kopf, sie hat ihre langen Haare zu einem Zopf zusammengebunden und sieht von der Ferne sehr jung aus. Herr Strippelmann ist gerührt. Vom Alter her könnte er ihr Vater sein.

Von nun an grüßen sie sich jeden Morgen, Herr Strippelmann und die junge Frau von gegenüber. Einmal glaubt er, sie auf der Straße zu sehen, aber sie ist zu

weit weg, und er hätte sich geschämt, hinter ihr herzu-
laufen. Immerhin macht er nun größere Runden um den
Block, wenn er abends das Fundbüro abschließt. Er
stellt verwundert fest, dass er Fisch mag, auch das Gemüse, das dazu empfohlen wird, und seit Kurzem ver-
zichtet er freitags auf die preisreduzierten Teilchen vom
Bäcker. Irgendwann stellt er beim Anziehen überrascht
fest, dass sein Gürtel ungewöhnlich locker sitzt. Sogar
Mehmet hat schon eine entsprechende Bemerkung gemacht, und Herr Strippelmann hat sich gefreut.

Zwar werden die Morgen jetzt schon kühler, aber
Herr Strippelmann hält eisern an seiner Frühgymnastik
fest, er hat sich auf ganze zehn Übungen gesteigert.
Und die junge Dame von gegenüber leistet ihm treu
Gesellschaft, wobei mit sinkenden Temperaturen die
Hemdchen ein ganz klein wenig länger werden, und
der Dreieckshauch sich in ein richtiges Höschen ver-
wandelt hat. Herr Strippelmann sieht es mit Bedauern.
Obwohl er der jungen Frau natürlich keine Erkältung
wünscht.

An einem besonders empfindlich kühlen Oktober-
morgen beginnt Herr Strippelmann gerade seine zweite
Übung, als sich drüben, wie gewohnt, das Fenster öffnet
und zwei Frauen ans Fenster kommen. Seine Gymnas-
tikpartnerin hat eines dieser dem Herbst geschuldeten
Trikots an, die Herr Strippelmann neulich in einem Geschäft in der Innenstadt entdeckt und neugierig zwischen seinen Fingern auf ihre stofflichen Qualitäten hin
geprüft hat. Ein dunkelblaues mit einem weißen Streifen

an der Seitennaht, und einen Augenblick lang war er versucht gewesen, es zu kaufen. Er könnte ja eine Tochter haben.

Die andere aber, die Unbekannte, tritt auf, als ob Hochsommer wäre. Sie steht im Fenster, wie Gott, der Herr, sie geschaffen hat, öffnet weit ihre Arme, dreht und wendet sich hin und her, damit Herr Strippelmann sie auch von allen Seiten bewundern kann. Er japst nach Luft.

Und dann passiert etwas, was Herr Strippelmann nie für möglich gehalten hätte, und er erstarrt inmitten seiner Bewegung. Die beiden Frauen beginnen zu lachen. Sie lachen immer heftiger, sie winken nicht, nein, schlimmer. Sie deuten mit fuchtelnden Fingern zu ihm herüber und biegen sich vor Lachen. Er glaubt, ihr Kreischen zu hören.

Die nette junge Frau, die immer mit ihm Gymnastik gemacht hat, stößt ihre Freundin lachend und prustend in die Seite, sie halten sich ihre Hände vor den Mund und scheinen sich vor lauter Gelächter kaum noch halten zu können. Herr Strippelmann ist fassungslos.

Und dann stellt sich dieses andere Frauenzimmer, dieser unanständige Nackedei, seitlich, so, dass er sie im Profil vor sich hat. Streckt ihren Bauch vor, weit vor, und fährt sich mit eindeutigen Handbewegungen über einen riesigen, imaginären Wanst, dreht sich wieder nach ihm um, zeigt abwechselnd auf ihn und dann wieder auf ihren nicht vorhandenen Bauch und lacht und lacht und lacht.

Herrn Strippelmann wird es eiskalt. Alles Blut weicht ihm aus dem Gesicht. Ein scharfer Schmerz durchfährt seine Brust, noch immer steht er auf dem Balkon, unfähig sich zu bewegen. Der Schmerz wird stärker, schießt in seine Schultern, in den Hals, bis hoch in den Kieferbereich. Noch einmal sieht er drüben die jungen Frauen winken, ein grässliches, ein ekelhaftes Winken, bevor sie noch immer voller Spott und Hohngelächter das Fenster schließen. Kalter Schweiß bricht aus ihm heraus, kalter Schweiß und entsetzliche Angst.

Endlich findet er sich im Zimmer wieder, wo er vor dem Couchtisch zusammenbricht. Auf allen vieren kriechend, erreicht er das Telefon und schafft es gerade noch, die eins-eins-zwei zu wählen. Wie damals, als seine Mutter sich beim Kochen aus Versehen mit einem scharfen Messer in die Hand geschnitten hatte, und es nicht mehr zu bluten aufhören wollte.

Mauerfall

Ich glaube, ich habe »Wahnsinn« gebrüllt wie alle anderen. Vielleicht habe ich aber auch nicht gebrüllt, vielleicht habe ich das nur gedacht, so genau weiß ich das heute nicht mehr. Ich weiß nur, dass ich um Mitternacht noch einmal zur Bornholmer Straße gegangen bin, wo sie alle rüberkamen, unsere Brüder und Schwestern aus dem Osten. Ich hatte es ja nicht weit bis dorthin. Aber ich glaube, ich wäre auch hingegangen, wenn ich in Wannsee oder Spandau gewohnt hätte.

Das Gedränge war unwahrscheinlich, eine Stimmung wie dreimal Weihnachten und Fußballweltmeisterschaft zusammen. Gewonnene Fußballweltmeisterschaft. Die Leute lachten, überwältigt von den Ereignissen, manchen liefen die Tränen herunter.

Wahrscheinlich war es meine journalistische Neugier, dass ich mich gegen den Strom der Menschen vorarbeitete, um an die metallene Gittertür zu kommen, den schmalen, NVA-grauen Grenzdurchlass, der bis vor noch nicht einmal zwei Stunden Ost und West hermetisch voneinander trennte. Das hier ist Geschichte, und du kannst sagen, du bist dabei gewesen, dachte ich und hatte das Gefühl, ich, der Jungreporter eines mittelgroßen Tageblatts einer mittelgroßen westdeutschen Stadt, ich hätte selbst die Mauer eingerissen. Wahnsinn!

Unablässig strömen Männer und Frauen durch die Gittertür, ich sehe ihnen an, dass sie selbst kaum glauben können, was da vor sich geht. Einige machen das Victory-Zeichen. Ein älteres Ehepaar hält sich krampfhaft bei den Händen, scheint eine Sekunde zu zögern, bevor es auf westliches Pflaster tritt, aber die Menge dahinter lässt den beiden keine Zeit zum Durchatmen, sie drängt vorwärts, neugierig, erwartungsvoll, jeder drückt jeden.

Lauthals singend – »Über sieben Brücken musst du gehen …« –, schubst sich jetzt eine Gruppe von fünf Mädchen durch die Absperrung, eine hat lange blonde Haare. Groß und schmal ist sie, und sie trägt einen schneeweißen Anorak. Plötzlich stolpert sie, fällt fast, fängt sich wieder. Sie dreht sich um und will zurückgehen, aber die Freundinnen ziehen sie mit, auch die nach ihr Kommenden schieben sie weiter, Richtung Westen. Noch einmal versucht sie umzukehren, lacht entschuldigend, ein hinreißendes Lachen, und für einen Augenblick glaube ich, dass sich unsere Augen treffen. Ich will ihr nachlaufen, doch schon habe ich sie aus den Augen verloren, ist sie in der Masse der Menschen verschwunden. Ich suche vergebens nach dem schneeweißen Anorak.

Dann entdecke ich die Ursache ihres Strauchelns, den Stein des Anstoßes sozusagen: Wenige Meter vor mir liegt verloren ein einzelner Turnschuh. Jemand, vielleicht sogar eine ihrer Freundinnen, muss ihr im Gedränge unglücklich auf die Fersen getreten sein, sodass ihr der Fuß aus dem Schuh gerutscht ist und sie jetzt vermutlich auf Socken durch das glitzernde Westberlin humpelt.

Ohne den Schuh aus den Augen zu lassen, boxe ich mich durch die Leute. Eben trampelt einer darüber, ein anderer kickt ihn fort. Aber der liebe Gott meint es gut mit mir, der Kicker kickt in meine Richtung. Ich bücke mich, kann den Schuh greifen, bekomme einen Ellbogen in den Nacken gerammt. Egal, ich habe den Turnschuh der blonden Schneefrau. Den linken, weiß, Lederimitat, Gummisohle. Größe 38, schätze ich.

Ich habe den weißen Turnschuh an seinen weißen Schnürsenkeln in mein Auto gehängt. Nicht vorn an den Spiegel, Größe 38 ist keine Babygröße. Sondern seitlich an den Haken zwischen Fahrersitz und Rückbank, der für Mäntel gedacht ist. Von nun an begleitet mich der Schuh zu Interviews und auf Reportagereisen, nach Rügen und Paris, über die Alpen nach Mailand und wieder zurück in den Harz. Vielleicht finde ich sie ja wieder, die junge Frau mit den langen blonden Haaren und dem schneeweißen Anorak. Ich nenne sie Sibylle, nicht weil ich den Namen so besonders schön finde, sondern weil so eine Frauenzeitschrift in der alten DDR geheißen hat. Sibylle Unbekannt.

Wenn Frauen bei mir mitfahren, fragen sie mich schon mal, was es mit dem weißen Damenturnschuh für eine Bewandtnis hat. Ich habe mir eine kleine Sammlung an Geschichten zurecht gelegt, und je nachdem, wer neben mir sitzt, krame ich mal die eine, mal die andere Variante hervor. Journalistenkolleginnen erkläre ich, ich hätte mal eine Recherche in einer Turnschuhfabrik gemacht. Claudia gegenüber, die was von mir wollte, aber ich nichts von ihr, behauptete ich, ich sei Schuhfetischist und der Geruch von Damenturnschuhen geile mich auf. Sie hatte mich verstört angeschaut und nie wieder angerufen. Vanessa aber, die ich hoffte, ins Bett zu kriegen, erzählte ich, es sei der Schuh meiner verstorbenen Großmutter, in dem sie 1928 als damals einzige Frau Marathon gelaufen sei. Der Abend wurde ein triumphaler Erfolg.

Nur von Sibylle sage ich kein Sterbenswörtchen, und dass ich mich nach ihr sehne und nach ihrem verzweifelt-lustigen Blick, verzweifelt, weil sie aus dem Schuh geschlappt war und das Paradies auf Socken erkunden musste, und lustig aus genau demselben Grund.

Irgendwie ist es mir peinlich, dass ich seit dieser Wahnsinnsnacht, in der die Mauer aufging, nicht aufhöre, von der blonden Schneefrau zu träumen. Aber ohne sie bin ich nur noch ein halber Mensch. Auf meinen Fahrten durch Deutschland stelle ich mir vor – und es macht mich wahnsinnig –, dass jetzt genau hier in dieser Vorortsiedlung oder dort im zehnten Stock eines Hochhauses Sibylle wohnen könnte. In ihrem Kleiderschrank hängt der rechte Sportschuh an seinem weißen Schnürsenkel, und ich fahre vorüber und weiß es nicht. Vielleicht lebt sie inzwischen aber auch in New York und hat längst vergessen, dass sie in der Nacht der Maueröffnung das neonlichterleuchtete Westberlin auf Socken erobert hat.

Auch Katrin, die ich in München kennenlerne, wohin es sie nach der Wiedervereinigung verschlagen hat, fragt mich, was es mit dem Turnschuh in meinem Auto auf sich habe, und dabei schaut sie so seltsam, dass mir unbehaglich wird. Blond ist sie, groß und schlank. Ich überlege noch, ob ich ihr die Geschichte von meiner marathonlaufenden Großmutter erzählen soll oder lieber die Sache mit der Recherche in der Schuhfabrik, als sie schon nach dem guten Stück greift, es vom Mantelhaken zwischen Vorder- und Rücksitz nimmt und von allen Seiten begutachtet.

»Eins a DDR-Produktion«, bemerkt sie fachmännisch. Und als ob sie die ganze Geschichte schon wüsste, schaut sie mich an mit diesem Blick, dem ich in jener bewussten Nacht erlegen bin. Und ich erzähle ihr alles und sage, dass ich nicht gewusst hätte, wie und wo ich es hätte anfangen sollen, sie zu suchen.

»Zuerst«, sagt sie, »sei es ja ein blödes Gefühl gewesen, mit nur einem Schuh durch Westberlin zu laufen, dann aber habe ihr jemand ein paar ausgelatschte Treter geschenkt.«

Dabei lacht sie und sieht so lustig aus wie damals.

»Mitten in der Nacht?«, frage ich erstaunt.

»Ach«, sagt sie, »in der Nacht war alles möglich. Die Leute hingen in den Fenstern und schenkten uns Bananen, und viele hatten Sektflaschen geköpft und streckten uns die Gläser entgegen. Da hat dann wohl einer gemerkt, dass ich nur einen Schuh anhatte. Übrigens war es ein Türke, fand ich schon komisch.«

Wir schauen uns an.

»Zu dir?«, fragt Katrin-Sibylle.

Als ich sie zwei Tage später besuche, zeigt sie mir das Gegenstück zu dem linken Turnschuh in meinem Auto. Ihrer ist sauberer als meiner, aber über meinen ist ja auch die trunkene Menschenmenge hinweggetrampelt. Gemeinsam hängen wir Katrins rechten Schuh am gegenüberliegenden Auto-Mantelhaken auf und begießen unsere Wiedervereinigung mit Sekt. Als wir ein paar Jahre später einen neuen Wagen brauchen, gibt es gar keine Diskussion. Die Dinger wandern mit und erhalten wieder ihren vertrauten Ehrenplatz im Auto zwischen den Vorder- und Rücksitzen. Auf alle Ewigkeiten werden sie dort hängen bleiben.

Katrin ist aus Greifswald, ihre Eltern wohnen heute noch dort.

»Es war Zufall, dass ich damals in Berlin gewesen bin«, erzählt sie, es war der Geburtstag einer Freundin.

Später hätten sie sich verkracht, sie und die Freundin, mit der Wende hätte sich so viel verändert. Auch die Menschen.

»Aber wir haben uns wiedergefunden«, sage ich.

»Ja«, gibt sie zurück und lächelt, »wir haben uns gefunden.«

Ich liebe Katrin.

Ich liebe sie noch immer, auch jetzt noch nach über zwanzig Jahren. Natürlich haben wir Kämpfe miteinander ausgefochten, haben uns gegenseitig östlichen Bie-

dersinn und westliche Dekadenz an den Kopf geschmissen, nur um uns danach wieder in die Arme zu
nehmen.

»Verzeih mir«, murmel ich dann in ihr Ohr, und sie
flüstert:

»Bitte, entschuldige!«

Aber mit jedem Jahr hat es besser zwischen uns funktioniert.

Vor zwei Tagen flogen wir dann zum ersten Mal zusammen nach Berlin. Es ist eine Schande, dass wir so
lange damit gewartet haben. Aber jetzt stehen wir in der
Bornholmer Straße, ich habe den Arm um sie gelegt.

»Hier war es«, sage ich, »ungefähr hier«, und ziehe
Katrin an mich.

»Ich muss dir was gestehen«, sagt sie.

»Ich weiß.«

»Du weißt?« Sie wirkt überhaupt nicht reumütig.

Ein ganz klein bisschen zerknirschter, finde ich, hätte sie schon sein können, aber ich sage nichts.

»Du hast die Schuhe miteinander verglichen?«, fragt
sie auf gut Glück.

»Na klar hab ich das«, triumphiere ich lauter als nötig
und grinse. »Deiner ist kleiner, bestimmt eine halbe
Nummer, DDR-Produktion eben. Nicht mal Schuhe
habt ihr hingekriegt.«

Katrin boxt mich empört in die Rippen, es gibt so ein
paar Dinge, da kann sie richtig in die Luft gehen. Immer
noch, trotz über zwanzig Jahre vereintes Deutschland.

»Besser-Wessi«, knurrt sie böse, aber küsst mich.

»Hast ja recht«, sage ich versöhnlich und küsse sie zurück. »So war's ja auch gar nicht. Aber ich hab's trotzdem von Anfang an gewusst, noch bevor dein Schuh in meinem Auto hing. Als ich nämlich das erste Mal zu dir kam, zwei Tage, nachdem wir uns kennengelernt haben, da hat gerade ein Penner in der Mülltonne vor dem Haus rumgewühlt, in dem du gewohnt hast. Und was, glaubst du, fischt der Kerl dort heraus?«

»Doch nicht etwa einen weißen Damenturnschuh?«, fragt Katrin mit unschuldiger Miene und hochgezogenen Brauen. Nur in ihren Augen glimmt der Schalk. Auch dafür liebe ich sie.

»In der Tat. Einen weißen Damenturnschuh, Marke DDR«, bestätige ich. »Und zwar einen linken. Weil er den rechten nicht finden konnte, warf er ihn wieder zurück.«

»Aber trotzdem hast du geläutet und mich am Abend zum Italiener eingeladen«, bemerkt sie selbstbewusst. »Und das, obwohl ich nicht Sibylle war.«

Ich nicke.

»Obwohl du nicht Sibylle warst.«

Katrin schnurrt zufrieden wie eine Katze.

»Wer weiß, vor welchem Unglück ich dich bewahrt habe.«

Sie hakt sich bei mir unter, reibt ihren Kopf an meiner Schulter.

»Ja, wer weiß.«

Im Gleichschritt steuern wir das Café an der Straßenecke an.

Römerlay

»Bist du sicher, dass es die große Liebe ist«, fragte Lars und schaute mich spöttisch an. Er strich sich die blonde Strähne aus der Stirn, die ihm immer wieder über die Augen fiel.

»Das ist doch jetzt schon mindestens die fünfte. Von denen, die es dazwischen noch gab, rede ich gar nicht erst.«

»Nein, diesmal ist es wirklich was Ernstes. Du wirst schon sehen.«

»Redet ihr schon vom Heiraten?«

Ich ärgerte mich. Warum hatte ich ihm überhaupt von Lille erzählt? Aber ich wäre geplatzt, wenn ich es nicht getan hätte. Irgendwie muss man das doch loswerden, was in einem drin ist: Lille, wenn ich aufstehe, Lille, wenn ich zu Bett gehe, Lille mit ihren superkurzen Haaren, halbe Streichholzlänge. Mahagonifarben. Lille mit dem dunkelroten Granat im rechten Ohr. Von meiner Urgroßmutter, hatte sie gesagt, der andere ist irgendwann mal verloren gegangen, vielleicht im Krieg. Ich brauchte einfach jemanden, mit dem ich mein Glück teilen konnte. Und dafür sind beste Freunde doch da.

Aber es gibt Dinge, die sollte man selbst besten Freunden nicht erzählen.

Kennengelernt haben Lille und ich uns auf einem Aussichtspunkt an der Mosel. Ausgerechnet an der Mosel, wo die Kegelclubs von ganz Deutschland im Herbst hinziehen, um literweise verboten süßen Moselwein zu saufen. Wo die Welt irgendwann stehen geblieben ist und in den Gasthäusern Toast Hawaii statt italienische Antipasti auf der Speisekarte stehen. Und wo bestimmt kaum einer dafür Verständnis haben würde, dass Lille das aufregendste Tattoo auf ihrer linken Pobacke hatte, das ich jemals gesehen habe.

Nicht, dass wir gleich im Bett gelandet wären. Nein, so schnell war sie nicht zu kriegen. Aber Lille war Architektin, und wir kamen auf Kunst am Bau zu sprechen. Das seien so die kleinen Highlights, die keiner auf den ersten Anhieb sehe, ohne die eine Stadt aber langweilig sei, erklärte sie mir.

»Guck, ich erklär dir das.«

Damit stand sie auf, blickte hinunter auf den Fluss, der wie das sprichwörtliche blaue Band unter uns lag. Es war ein Bild wie aus den kitschig bunten Flyern der örtlichen Fremdenverkehrsämter. Während ich mir noch überlegte, was das für eine Erklärung sein könnte, die sie mir geben wollte, fummelte sie am Reißverschluss ihrer Jeans, zippte ihn auf und ließ die Hose wie einstudiert, als mache sie das täglich, über ihre Hüften nach unten gleiten.

Sie trug keinen Slip.

Ihr Po hatte die Farbe von Eierschalen, die Beine darunter waren knackebraun – wir hatten August.

Oberhalb der eierschalenfarbenen Haut bekam ich nichts zu sehen, sie trug ein T-Shirt, das sie auch nicht einen Millimeter hochzog. Aber sie legte ihre Hände in die Seiten, beugte sich leicht vor, und von ihrer linken Popobacke sprang mich dieses Tattoo an.

Eine Frau mit gespreizten Schenkeln.

Lilles Zeigefinger der linken Hand fuhr ein bisschen tiefer, die Hüfte entlang, über ihre Rundungen, und hielt genau an der Stelle, wohin ich mich, wenn ich eine Frau unter mir hätte, mit Zeigefinger und Mittelfinger vorgetastet hätte.

»Schau«, sagte sie, »genauso ist es hier an der Mosel, die wahren Schätze liegen im Verborgenen. Die bekommt kaum jemand zu sehen, geschweige denn zu kosten.« Und damit zog sie ihre Jeans mit einem Ruck nach oben. Am Abend nahm sie mich zu einer kleinen Winzerstube mit, und ich bekam den besten Wein zu trinken, den ich je in meinem Leben getrunken hatte, ein Schätzchen, dessen Versteck man kennen musste, um ihn dann umso mehr still vergnügt genießen zu können, fernab der lauten Touristenströme, die in regelmäßigen Intervallen in diesen Landstrich einfielen wie Römerhorden aus der Vorzeit. Aber die hatten damals wenigstens eine Ahnung von dem edlen Rebensaft gehabt, sonst hätten wir heute keinen.

Ich besuchte Lille so oft es ging. Nach zwei Wochen schliefen wir das erste Mal miteinander, und es war genauso schön, wie ich es mir erträumt hatte. Ich krallte meine Finger in ihr Tattoo, und sie stöhnte vor Glück, und danach gingen wir wieder in die Wirtschaft mit dem Riesling, die gottlob niemand kannte, außer die Leute, die etwas von Wein verstanden.

Es gelang mir, mich mit meinem Chef zu arrangieren, und so konnte ich immer samstags bis einschließlich dienstags bei Lille sein, bevor ich mittwochs in aller Herrgottsfrühe wieder nach Frankfurt abdüste, um meine Brötchen in der Wirtschaftskreditbank zu verdienen.

Immer öfter redeten wir davon, uns in einem der Dörfer auf der Höhe, oberhalb der Mosel auf dem Plateau, wo der Blick weit übers Land ging und der Himmel so nah war, ein Haus zu kaufen. Am liebsten einen alten Hof mit Bruchsteinmauern und einem Fachwerkgeschoss darüber, nebendran einen Stall, in dem wir Ziegen halten würden, eine Scheune, die ich später einmal in ein Malatelier umbauen wollte, und einen Bauerngarten. Wenn wir bei Fahrten übers Land etwas sahen, was uns gefiel, setzte sich Lille sofort hin, machte Pläne, zeichnete Grundrisse, Erweiterungsbauten, das konnte sie wie sonst niemand. Drei Kinderzimmer plante sie ein und wurde rot, wenn sie mir ihre Entwürfe zeigte. Und dann rannten wir in das winzige Schlafzimmerchen in ihrer Wohnung, mit der wir uns vorerst begnügten, und liebten uns bis zum Morgengrauen, bis die Spatzen in ihrem Schlafbaum vor dem Fenster erwachten.

Lille! Ich hatte einfach jemandem von meinem Glück erzählen müssen. Und dazu sind Freunde schließlich da.

»Du wirst sie kennenlernen«, sagte ich zu Lars, der immer noch nicht glauben wollte, dass ich die Frau fürs Leben gefunden hatte.

Er feixte ohne Unterlass, spöttelte und riss Witze.

»Und aufs Land willst du mit ihr ziehen! In fünf Jahren hast du einen Schmerbauch, und deine Lille stopft die Babystrampler in die Waschmaschine und ist froh, wenn du wieder hinter deinem Schreibtisch in Frankfurt sitzt, damit sie sich mit dem Briefträger vergnügen kann.«

»Du bist ja nur neidisch, weil du mal wieder solo bist«, warf ich ihm vor, und er gab es sogar zu.

Weil er mir irgendwie leid tat, lud ich ihn das Wochenende darauf ein, mitzukommen. Lille hatte eine Menge Freundinnen, eine würde ja wohl zu ihm passen, zumindest für diesen einen Abend.

Und so kam's dann auch. Lars amüsierte sich mit Biene und sagte nichts mehr.

Auch in den Tagen und Wochen danach sagte er nicht viel. Wurde ruhig, witzelte nicht mehr, manchmal bekam ich mit, wie er mit Biene telefonierte. Aber irgendwie wunderte ich mich doch, dass er Lille mit keinem Wort mehr erwähnte.

»Gefällt sie dir denn nicht?«, wollte ich wissen. Lille so zu übergehen, war, als hätte er mir die Freundschaft gekündigt.

»Doch, doch, die ist schon in Ordnung«, gab er zurück.

Ich war beleidigt und erzählte ihm nicht mehr, dass Lille und ich unser Traumhaus gefunden hatten. Eine

Mühle aus dem 17. Jahrhundert in einem verwunschenen Nebental der Mosel. Mit Blick auf den Fluss und fast schon parkähnlichem Garten.

Dann fuhr Lille nach London wegen eines Projekts und Lars nach Dubai.

»Biene wird mich begleiten«, verriet er mir. Ich freute mich für ihn. Lars sah weniger fröhlich aus, und ich begann, mir Sorgen um ihn zu machen. Biene schien ihm gar nicht gut zu tun. Über Lille sagte er immer noch nichts, auch von mir zog er sich mehr und mehr zurück.

Der Notartermin wegen des Kaufs der Mühle war für den Dienstag nach Lilles Rückkehr aus England geplant. Als ich sie einen Tage vorher anrief, um letzte Details zu klären, hatte ich plötzlich Lars am Telefon. Zuerst dachte ich, ich hätte mich geirrt, hätte aus lauter Gewohnheit seine Nummer gewählt, bis mir einfiel, dass er ja eigentlich noch mit Biene in Dubai sein müsste. Und dass ich, um Lars anzurufen, innerhalb Frankfurts auch keine Vorwahl bräuchte. Aber ich hatte Lilles Vorwahl gewählt, das wusste ich mit Sicherheit.

»Lars?«, fragte ich, »bist du denn schon wieder zurück? Und warum bist du bei Lille? Ist was mit Biene?«

Ich redete und wusste, dass ich Stuss redete.

»Mit Biene?«, echote Lars am Ende der Leitung gedehnt, »… nein, mit Biene ist nichts«, und es war, als hätte mir jemand ein glühendes Messer in den Magen gerammt.

Ich legte auf.

Irgendwo musste ich Bienes Nummer haben. Ich erwischte sie zwischen Tür und Angel, sie wollte gerade ins Kino.

»Klar erinnere ich mich an dich, du warst doch mal mit Lille zusammen. Is was passiert?«

Ich weiß nicht, wie ich es schaffte, überhaupt noch was zu sagen. Es sei wegen Lars und wegen Dubai.

Sie verstand nicht.

Ob sie denn nicht mit Lars in Dubai gewesen sei?

»Mit Lars in Dubai? Was hätte ich denn dort machen sollen? Und wieso mit Lars? Hör mal, wenn's wichtig ist, ruf doch morgen noch mal an, ja? Ich muss jetzt wirklich.«

Das Messer im Magen. Die Tachonadel schraubte sich auf zweihundert hoch. Als ich in Koblenz ankam, wählte ich Lilles Nummer.

»Lille, haben wir nicht morgen einen Termin beim Notar?«

»Ja«, sagte sie.

»Ich muss mit dir reden.«

Wir trafen uns in der Kneipe im Souterrain des Altstadthauses, in dem sie lebte. Zuerst schwiegen wir, dann heulte und danach beichtete sie. Es fiel mir schwer zu lächeln, aber ich lächelte. Ihre Tränen wegküssen, war leichter. Sie rief Lars mit dem Handy an, der kam herunter, guckte mich verlegen an, grinste schräg, und ich versuchte freundlich zu sein. Auch das fiel mir schwer, aber wieder gelang es mir. Ich wollte Lille nicht verlieren.

»Und was ist nun mit dem Notar?«, fragte Lille.

»Den sollten wir nicht verfallen lassen«, meinte ich. »Ich kauf's, und wir ziehen zu dritt ein. Das Haus ist groß genug für eine ménage à trois.«

Und dann soffen wir von dem billigen Kneipensekt und landeten nach der dritten Flasche gemeinsam in Lilles Schlafzimmer. Die Nummer zu Dritt funktionierte, auch wenn ich Lars nicht ins Gesicht schauen konnte. Ihm ging's genauso.

Mit der Zeit gewöhnten wir uns an die neuen Lebensumstände. Da ich die älteren Rechte hatte, war ich, wie gehabt, immer von Samstag bis Mittwoch früh bei Lille, jetzt in der frisch erworbenen Immobilie. Mittwochabends kam Lars und verschwand samstags. Manchmal aßen wir dann noch zusammen oder unternahmen etwas.

Lille arbeitete hart daran, unser oder besser gesagt, mein altes Gemäuer auf Vordermann zu bringen. Die Kinderzimmer ließ sie jetzt weg. Dafür plante sie ein zweites Büro, einen Fitnessraum und eine Dachterrasse mit atemberaubendem Ausblick auf die Mosel und den Hunsrück. Davon verstand sie wirklich etwas.

Weihnachten war fast alles fertig, hier noch eine Lampe, dort ein Sessel, das waren Dinge, die mit der Zeit kommen würden. Ich brutzelte in der Küche am Herd, Lars öffnete die Champagnerflasche, Lille legte sich Rouge auf. Dann kam sie in einem sündhaften Kleid aus ihrem Badezimmer, wir hatten jeder ein eigenes, und zeigte uns ihr Tattoo, und wir taten, als hätten wir es nie zuvor gesehen, stürzten uns über sie und machten auf dem Teppich vor dem brennenden Tannenbaum zum zweiten Mal die Nummer zu Dritt.

Am nächsten Tag, dem ersten Weihnachtsfeiertag, wanderten wir auf die Römerlay, wo Lille und ich uns kennengelernt hatten. Der Himmel war unwirklich blau, der Wingert unter unseren Füßen hellbraun mit seinen nackten Rebstöcken, und wir drei, Lille in unserer Mitte, hielten uns auf dem vorkragenden Felsen hoch über der Mosel an den Händen und sangen lauthals Weihnachtslieder in die kalte Luft. Bestimmt haben uns die Leute in den Dörfern drüben auf der anderen Moselseite kreischen gehört.

Weil es so schön gewesen war, unser Weihnachten auf dem Felsen über dem Fluss, wiederholten wir den Ausflug im Sommer. Jetzt waren die Hänge in sattes Grün getunkt, die ersten winzigen Weinbeeren hingen noch hart und sauer zwischen dem samtenen Blättermeer.

Lars und Lille standen schon auf der steinernen Plattform, ich holte noch schnell die Flasche Wein und die Gläser aus dem Rucksack in der Schutzhütte. Als ich zurückkam, hatten die beiden sich wie im Winter an den Händen gefasst und grölten ciao, bella, ciao, bella, ciao ciao ciao über den Fluss, auf dem eben lautlos und spielzeuggleich ein Frachtdampfer vorüberglitt,

Sie hörten mich nicht, sie konnten mich gar nicht kommen hören, so laut, wie sie sangen. Ich brauchte ihnen nur noch einen kräftigen Stoß zu versetzen. An der

Römerlay geht es ziemlich steil nach unten. Zwischen dem dichten Weinlaub und den Brombeersträuchern und Hecken würde es eine Weile dauern, bis man sie fände.

Am nächsten Abend war noch immer keine Polizei bei mir gewesen, und auch das Lokalfernsehen hatte von keinen Leichen berichtet, die in den Weinbergen gefunden worden seien. Am darauffolgenden Tag ging ich zur Wache und erstattete Vermisstenanzeige. Der Beamte nahm alles gewissenhaft auf, was ich ihm erzählte: Dass wir Freunde seien und zu Dritt wohnten. Dass Lars und ich immer abwechselnd in Frankfurt arbeiteten, um ebenso abwechselnd bei Lille zu sein. Der Mann guckte mich mit einer Mischung aus Anteilnahme und Abscheu an.

»Ihre Freunde sind erwachsene Menschen«, erklärte er aktentrocken. »Die können machen, was sie wollen, wahrscheinlich haben die beiden Ihren Dreierhaushalt satt und fangen jetzt irgendwo anders ein neues Leben an.«

»Vielleicht haben Sie recht«, sagte ich zerknirscht.

Zwei Tage später fand man sie. Zuerst Lars, kurz darauf Lille. Ich musste sie identifizieren. Schön sahen sie nicht mehr aus.

Freitod, schrieb der Arzt in die Totenscheine. »Vielleicht aus Liebe«, vermutete er und schaute mich mitleidig an.

Ich ging zur Römerlay und warf eine Handvoll Erde hinunter.

»Ciao, Lille, Bella«, murmelte ich, »glaub mir, ich hab dich geliebt, dich und dein Tattoo. Und danke für das Haus, das du mir umgebaut hast. Du hast dich selbst übertroffen damit. Im Übrigen wär' das ganz schön teuer geworden ohne dich. Manchmal muss man halt was aushalten können.«

Ein hautenges rotes Kleid

Zuerst erkenne ich sie nicht.

Sie trägt ein hautenges rotes Kleid und lächelt, wie ich sie noch nie habe lächeln sehen.

Aufreizend langsam rekelt sie sich auf einer schneeweißen Chaiselongue, auf so einer wie der, die ich jeden Morgen auf der Fahrt zur Arbeit auf den riesigen Werbeplakaten von Meiermöbel sehe und die ich mir nie im Leben würde leisten können, ganz abgesehen davon, dass meine Wohnung viel zu klein dafür ist. Wobei sich Wohnung großartiger anhört, als es ist. Ich wohne in einem einzigen Zimmer, dreieinhalb auf vier Meter, mit Kochecke und Duschklo, das Fenster klemmt, und wenn es regnet, regnet es einen See auf die Fensterbank, und weil die Fensterbank schmal ist, tropft das Wasser auf den Fußboden, und auf dem versifften Linoleum glänzt ein dunkler Fleck. Der Hausbesitzer hört gar nicht hin, wenn ich mich beschwere, also mach ich mir auch nicht die Mühe, die Pfütze wegzuwischen, wenn's draußen schüttet. Kann mir doch egal sein, was aus seiner dreckigen Bude wird. Wenn ich mal Geld hab, gehe ich ohnehin weg von hier. Und irgendwann werde ich Geld haben.

Jetzt setzt sie sich auf, lehnt sich gegen die Rückenlehne der weißen Chaiselongue und winkelt das rechte

Bein an. Sie lächelt mir zu und beginnt, Knopf für Knopf das hautenge rote Kleid aufzumachen. Es hat keine Ärmel, dafür aber einen Stehkragen. Der Ausschnitt ist offen und reicht bis zur Kuhle zwischen ihren Brüsten. Ich hab ja nicht geahnt, dass sie so einen scharfen Busen hat. Wenn sie am Supermarkt an der Kasse sitzt, trägt sie einen unförmigen grünen Kittel.

Nach fünf Knöpfen hält sie inne – der BH darunter ist auch rot –, dreht sich ein wenig nach vorn, sodass man ihren Körper besser sehen kann, fährt mit der Hand die Knopfreihe entlang bis hinunter zu den Oberschenkeln, zwischen die Beine, streicht sich über die Hüften. Sie hat super Hüften und einen Wahnsinnspo, auch den sieht man nicht, wenn sie im Supermarkt an der Kasse sitzt.

Dann kommt ihre Hand mit den langen schmalen Fingern, die mir schon immer aufgefallen sind, wenn sie mir das Wechselgeld zurückgibt, Zentimeter für Zentimeter über die Taille, die Brüste, zurück zu den Knöpfen, die sie nun weiter öffnet, Stück für Stück, und die ganze Zeit über lächelt sie und lächelt. Mein Mund ist trocken, ich geh und hol mir ein Bier aus dem Kühlschrank, lass aber den Fernseher nicht aus den Augen. Ich hab schon viele von diesen Frauen nachts in der Glotze gesehen, aber noch keine so wie sie.

Endlich streift sie das rote Kleid ab, ihre Haut schimmert weiß, wie Perlmutt. Um den Hals trägt sie ein Kettchen mit einem silbernen Mond dran, und in dem Moment erkenne ich sie. Natürlich. Der silberne Mond.

Die ganze Zeit schon hab ich gedacht, die kenn ich doch von irgendwoher. Aber erst als die Kamera auf ihren Hals zoomte, auf den Hals und das Mondkettchen und dann weiter auf den Brustansatz mit dem Grübchen in der Mitte, da erkannte ich sie. Obwohl man im Supermarkt hinter der Kasse ja Janinas Busen unter dem Supermarktkittel gar nicht sehen kann. Janina steht auf dem Namensschildchen, auf diesem hässlichen grünen Frack, und alle Kunden können es lesen, weil der Supermarkt modern und transparent sein will. Janina Leutskircher. Ob sie unter dem Kittel was an hat? Vielleicht diesen roten Wahnsinns-BH, den sie jetzt vor meinen Augen unendlich langsam abstreift und lässig hinter sich wirft?

Mir ist schlecht von den Kartoffelchips. Die ganze Tüte, die ich erst gestern bei ihr gekauft hab, habe ich leer gemacht und hab's nicht einmal gemerkt. Ich müsste mal, aber ich kann die Augen nicht von ihr lassen. Nur noch mit einem roten String bekleidet, macht sie sich jetzt an der Rutschstange zu schaffen, die neben der Wahnsinnschaiselongue befestigt ist und vom Boden zur Decke reicht. Ich halt's fast nicht mehr aus. Als ich vom Klo zurückkomme, flimmert Reklame.

Ich warte. Noch zwei Tussis schau ich mir an, aber sie gefallen mir nicht. Die eine friert, man kann deutlich die Gänsehaut sehen, und die andere hat ein Gebiss wie ein Pferd. Janina scheint nicht mehr zu kommen. Ich schalte den Kasten aus. Im Dunkeln hab ich ihre Brüste und ihren Po vor Augen.

Am nächsten Morgen auf der Fahrt in die Stadt stelle ich fest, dass das Bild mit der schneeweißen Chaiselongue, das sonst immer an der Vorderfront von Meiermöbel prangte, nicht mehr hängt; stattdessen ein Riesenposter mit einem ellenlangen Esstisch darauf. Auch der würde nicht in meine gediegenen Räumlichkeiten passen.

Nachdem ich das Gemeckere des Chefs über mich habe ergehen lassen, dass ich schon wieder zu spät sei, aber der kann mich mal, sitz ich im Kabuff und träume von Janina, während ich ein Parkticket nach dem anderen in das Ablesegerät stecke, Geld kassiere, Wechselgeld zurückgebe und Gute Fahrt murmle. So will's der Chef, immer Gute Fahrt wünschen. Ich sag kaum was anderes den ganzen Tag über. Aber irgendwann kann der mich mal, der Chef, irgendwann werd ich Geld haben, dann geh ich. Ob Janina mit mir mitkommen würde? Endlich ist es vier. Bülent löst mich ab. Er ist pünktlich auf die Minute, und außerdem lacht er. Er lacht immer. Ich weiß nicht, warum der ewig gute Laune hat. Ich könnt ihm eine reinschlagen.

Fast eine Stunde braucht der Bus, bis er bei uns im Ort ist. Hält vor jeder Kapelle, an jeder Hühnerkacke. Heut braucht er besonders lang. Der Scheiß-Traktor vor uns ist stur, lässt uns nicht einmal überholen. Der fette Bauer da drauf fühlt sich wohl wie ein King. Wenn ich der Busfahrer wäre, dem würd ich was erzählen …

Der Supermarkt liegt gegenüber der Haltestelle. Die ganze Zeit schon hab ich mir überlegt, wie ich's anfangen soll. Ich werde ihr tief in die Augen gucken, ich werde lächeln. Tach, Janina, werde ich sagen. Oder wäre Frau Leutskircher besser? Und wenn sie dann zurücklächelt, denn meistens lächelt sie wirklich, so ein bisschen wenigstens, und so oft wie ich mir mein Bier abends hole, muss sie mich ja auch irgendwie kennen, zumindest mein Gesicht. Wenn sie dann also zurücklächelt, werde ich sie – ganz leise natürlich – zur Pizza einladen. Sie mag sicher Pizza.

Aber als ich in den Supermarkt komme, sehe ich sie nicht an der Kasse. Ich hab das Gefühl, dass mir jemand voll seine Faust in den Magen gerammt hat. So mit aller Wucht. Vielleicht musste sie nur mal, sag ich mir, und sie kommt gleich wieder. Statt einer Flasche Bier packe ich mir einen ganzen Kasten in den Wagen. Und um Zeit zu gewinnen, auch noch zwei Tüten Chips und Erdnussflips, obwohl heute erst der Zwanzigste ist und ich jetzt schon kein Geld mehr hab. Dann laufe ich noch so durch die Regalreihen, tu, als ob ich noch mehr kaufen wollte, aber Janina taucht nicht auf.

Janina taucht die ganze Woche nicht auf. Nur in der Nacht zum Samstag wieder, im Fernsehen, um dreiundzwanzig Uhr fünfundvierzig. Schön wie eine Göttin mit perfektem Busen im roten Spitzen-BH. Ich träume das ganze Wochenende von ihr.

Und dann am Montag, als ich aus dem Bus steige, sehe ich sie schon von draußen an der Kasse sitzen, und ich warte, bis alle Kunden, die gerade zahlen wollen, durch sind und ich mit ihr allein an der Kasse bin. »Hallo«, sage ich, »Sie hatten Urlaub?« »Dass Sie das gemerkt haben?« Sie lächelt. »Na«, sage ich und werde mutiger, »wenn die hübscheste Kassiererin des Supermarkts nicht da ist, fällt das schon auf.«

Ich versuche einladend zu grinsen, und sie errötet. Noch immer steht niemand hinter mir. »Wollen wir uns nicht mal treffen«, frag ich daher und merke, wie mir das Herz bis zum Hals schlägt. Da kommt ein Kunde um die Ecke und packt seine Sachen aufs Band. Scheiße, denk ich. »Morgen«, sagt sie, als ich es schon gar nicht mehr erwartet habe, »morgen Abend um acht, drüben an der Bushaltestelle.«

»Brauchen Sie Ihren Kassenzettel?«, fragt sie dann noch laut. »Nein«, sage ich, »den brauch ich nicht.« Ich fühl mich ganz leicht.

Ich lade Janina zur Pizza ein. Was anderes gibt es im Ort sowieso nicht mehr. Das »Deutsche Haus« ist schon seit zehn Jahren geschlossen, und das komische »Speisekämmerchen« hat sich nicht mal ein halbes Jahr gehalten, viel zu vornehm und zu teuer, in diesem Kaff gibt es keine Feinschmecker. Nur der Italiener schafft's zu überleben.

Jetzt, wo sie mir gegenüber sitzt, sieht sie ein bisschen anders aus als auf der weißen Fernsehchaiselongue, nicht ganz so raffiniert, und unter den Augen hat sie dunkle Ringe. Aber naja, sie kommt schließlich direkt von der Arbeit, und im Fernsehen gibt's ja Damen, die die Leute schminken. Klar, dass sie dann vor der Kamera besser aussieht. Übrigens trägt sie auch die Kette nicht.

»Wo ist denn der Mond an deinem Hals«, frag ich sie. Zuerst scheint sie nicht zu wissen, wovon ich spreche. »Ach«, lacht sie dann, »du meinst das Kettchen mit dem Stern. Das war kein Mond, das war ein Stern. Ich hab die Kette meiner Nichte geschenkt, die wollte sie so gern haben.«

Ein Stern? Kein Mond? Habe ich mich getäuscht neulich? Oder zu viel Bier gesoffen? Wo sie denn gewesen sei, letzte Woche, als sie Urlaub gehabt habe, frage ich, um meine Unsicherheit zu überspielen. Obwohl sie mir natürlich sicher nicht sofort erzählen wird, dass sie wieder bei Filmaufnahmen gewesen ist und sich auf der weißen Chaiselongue gerekelt hat. Später vielleicht mal, aber bestimmt nicht heute, am ersten Abend.

Ich tue, als ob ich nicht bemerkte, wie sie zögert. Klar, sie sucht nach einer Antwort. Schließlich kommt sie mit der Erklärung, mit der alle kommen, die was zu verbergen haben: Ihre Schwester sei krank gewesen, und sie hätte auf deren Tochter aufpassen müssen. Das habe ich früher auch immer gesagt, wenn ich die Schule schwänzte. Meine Mutter sei krank, hab ich dem Lehrer gesagt, ich hätte zu Hause helfen müssen.

»Das tut mir aber leid«, sage ich und versuche, Janinas Hand zu streicheln. »Ich hoffe, es geht deiner Schwester wieder besser.«

Sechs Wochen dauert es, bis ich sie ins Bett bekomme. Sechs Wochen lang bezahle ich für Pizza, Blumen und Eis. Mein Konto ist so was von überzogen. Wie kann sich eine Tussi nur so zieren, wo sie doch vor laufender Kamera überhaupt keine Scheu hat, sich auszuziehen. Und auch jetzt sitzt sie wieder auf der Bettkante und tut, als ob sie eine Jungfrau wäre.

Als ich ihr die Bluse ausziehe, kommt darunter mitnichten der rote BH zum Vorschein, den ich erwartet habe. Aber ich zeige ihr meine Enttäuschung nicht. Ich zeige ihr auch nicht, dass ich es mir mit ihr unter der Bettdecke aufregender vorgestellt habe.

»Janina«, sage ich so sanft, wie ich kann, »Janina, ziehst du das nächste Mal das Rote an?«

Janina schaut mich erstaunt an.

»Ich hab nichts Rotes, aber wenn dir rot gefällt …« Sie zuckt die Schultern.

Tatsächlich trägt sie das nächste Mal einen roten Rollkragenpulli über ihren schwarzen Hosen. Der BH, hautfarben, ist so aufregend wie salzarme Diät. Sie schaut mich erwartungsvoll an. Ich muss an mich halten, dass ich sie nicht anschreie. Wie kann man nur so blöd tun? Sie muss doch wissen, was ich erwarte. Sie bettelt, aber ich schlafe nicht mit ihr, Strafe muss sein. Als sie sich um Mitternacht anzieht und nach Hause gehen will, halte ich sie zurück. Ich schalte den Fernseher um auf den Pornokanal, es ist Freitag, und ich hoffe, dass sie sie wieder zeigen werden. Dann kann sie mir nicht mehr mit irgendwelchen Ausflüchten kommen. Ich bin ja schon großzügig, sie kann ihren Job weitermachen, solange sie will. Von mir aus kann sie es auch mit den Fernsehfritzen treiben, aber ich will, dass sie es auch mit mir macht, und zwar genauso wie dort drin im Fernsehen.

»Was soll das?«, fragt sie unwillig, als sie die erste Tussi sieht. Jetzt merkt sie, dass sie mir nicht mehr ausweichen kann. Und dann ist sie da! Ich zittere vor Aufregung. Ich zieh sie an mich, sie wehrt sich, aber ich halt sie fest.

»Mach's doch mit mir genauso wie du's da drin machst«, flüstere ich und versuche sie zu küssen. Ich sage sogar: bitte!

Sie aber reißt sich los, ich hätte ihr so viel Kraft gar nicht zugetraut. »Du spinnst wohl«, schreit sie und knallt mir eine, so fest, dass mein Gesicht sofort zu brennen anfängt.

Sie ist schon an der Tür, als ich sie erwische. Ich werf sie zu Boden, will mich auf sie schmeißen, aber sie stößt mir ihre blöden spitzen Schuhe in den Unterleib, für einen Augenblick bleibt mir die Luft weg. Das wird sie mir büßen. Das Brotmesser gepackt, die Treppe hinunter, ihr hinterher, sie ist schon auf der Straße, ich schmeiß das Messer nach ihr, ich hab das mal gelernt, als Kind, tausend Mal habe ich nach Bäumen geschmissen, auf Bretterwände und auf Katzen. Aber ich bin heute nicht mehr so gut wie damals, ich erwische sie nur am Oberarm. Sie schreit wie am Spieß. Dann ist sie um die Ecke.

Geschieht ihr recht, mich so zu hintergehen, jetzt weiß sie, dass man mit mir nicht spielen kann, morgen werd ich sie mir vorknöpfen.

Als es kurz darauf an meiner Wohnungstür klingelt und Polizei davor steht, wird mir klar, dass ich einen Fehler gemacht habe, als ich sie laufen ließ. Mit Tussis wie Janina darf man nicht so zimperlich umgehen, wie ich es getan habe. Ich hab versucht, das den Polizisten zu erklären, aber die begriffen gar nichts. Die Polizei, dein Freund und Helfer! Dass ich nicht lache. Schlappschwänze sind das, die keine Ahnung haben, wie man mit Frauen umgehen muss.

Denn natürlich war das Janina im Fernsehen.

Ich hab sie sofort erkannt.

Und ich hab ein Recht darauf, dass sie für mich das tut, was sie sonst für Millionen von Fernsehzuschauern auch macht. Oder etwa nicht?

Biegen Sie links ab!

Seit eineinhalb Stunden bin ich unterwegs. Zuerst Autobahn, einhundertundzwanzig Kilometer, und jetzt die stark befahrene Bundesstraße. Die LKWs vor und hinter mir nerven.

»Biegen Sie demnächst links ab!«

Ich zucke zusammen. Ich zucke jedes Mal zusammen, wenn die Stimme des Navis ertönt. Es ist eine weibliche Stimme, die höflich, aber bestimmt um Vertrauen heischt und Allwissenheit suggeriert. Doch so ganz habe ich mich noch nicht an sie gewöhnt.

Eigentlich wollte ich kein Navi, ich bin dreiundvierzig Jahre ohne diesen modernen Schnickschnack gefahren und immer problemlos angekommen. Überall. Sogar während meines Griechenlandurlaubs, obwohl ich kaum die Straßenschilder lesen konnte. Dafür aber Landkarten.

Richtig verfahren habe ich mich nur ein einziges Mal. Das war im Schwarzwald, es war neblig, und ich hatte den Abzweig hinunter ins Rheintal übersehen. Irgendwann riss die weiße Wand vor mir auf, ein betörend blauer Himmel wölbte sich über Tannenspitzen und bucklige Grasmatten, und die Sonne schien, als müsse sie noch schnell einen Rekord aufstellen, bevor sie sich anschickte, im Westen unterzugehen. Trotz November wurde es sogar warm im Auto, und ich bildete mir ein, in den Sommer hineinzufahren. Ich hatte keine Ahnung, wo ich war, aber da bekanntlich über den Wolken die Freiheit grenzenlos ist und alle Wege ohnehin nach Rom führen, ließ ich mich auf die unbekannte Streckenführung ein und genoss die Fahrt.

In einem winzigen Dorf, in dem es zu meiner Überraschung einen Gasthof gab, bekam ich zwar nicht den Cappuccino, den ich gern gehabt hätte, dafür aber die wundervollsten Käsespätzle, die ich je in meinem Leben gegessen hatte, handfein geschabt, weich und doch bissfest, mit in Butter gebratenen Zwiebeln, so lecker, dass mir schon beim Duft aus der Küche das Wasser im Mund zusammenlief. Dazu stellte mir die Wirtin einen unverschämt guten Wein hin, und wenig später sank ich in ein weiches Federbett und fiel in seligen Schlaf.

Während des Frühstücks am nächsten Morgen hörte ich in den Radionachrichten von dem schweren Unfall auf der Landstraße, die ich am Tag zuvor eigentlich hätte nehmen müssen, um hinunter ins Rheintal zu gelangen. Genau zu der Zeit, als die Wirtin mir zum zweiten Mal eingeschenkt hatte, waren bei schlechter Sicht drei Autos ineinander gerast und zwei weitere, die ausweichen wollten, in den Abgrund gestürzt. Drei der Insassen seien auf der Stelle tot gewesen, vier hätten lebensgefährliche Verletzungen erlitten. Die Landstraße habe für mehrere Stunden gesperrt werden müssen. So viel also zum Fahren in Zeiten ohne Navi.

Vor mir taucht der Richtungsanzeiger nach Hochberg auf.

»Biegen Sie jetzt links ab!«, sagt die Stimme im Gerät mit der Betonung auf »jetzt« und so, als glaube sie, dass ich nicht lesen könne.

Sie meint es nur gut mit dir, denke ich und setze den Blinker. Sie kann ja nichts dafür, sie ist so programmiert. Dennoch überlege ich, ob ich nicht anhalten und das Gerät ausschalten soll. Aber dann bekomme ich ein schlechtes Gewissen. Das Navi ist ein Geschenk meines Sohnes. Auch mein Sohn hat es nur gut mit mir gemeint. »Ich hab' gedacht, du fährst doch immer so viel in der Landschaft herum.« Ganz abgesehen davon, dass man Geschenke der Kinder ohnehin nicht achtlos beiseiteschieben darf. Man muss sie in Ehren halten. Und selbstverständlich benutzen. Daher hängen ja auch noch alle Zeichnungen des Sohnes, die er Jahr für Jahr zum Geburtstag, zum Muttertag, zu Ostern, Pfingsten, Nikolaus und Weihnachten im Kindergarten für mich hatte malen müssen, in der Küche und auf der Toilette. Und auch die Topflappen, die ich von ihm geschenkt bekam, als er größer war, sind noch immer in Gebrauch.

Ich denke an meinen Sohn und halte nicht an, und als ob das Navi sich darüber freut, dass seine Dienste geachtet werden, tönt es beglückt aus dem Gerät:

»Jetzt links abbiegen!«

Und da ich ja taub sein oder sie im Verkehrslärm überhört haben könnte, sagt die sanfte weibliche Stimme zur Sicherheit gleich noch mal: »Jetzt links abbiegen!«

»Ich hab's kapiert.«

Ich sage es laut und deutlich, aber nicht unhöflich, einfach nur sachlich und klar, und biege links in Richtung Hochberg ab.

»Hm«, kommt es aus dem Navi, und dann ein Räuspern oder eine Art Husten. Wie ein Knarzen in den alten analogen Radiogeräten, wenn man früher am Frequenzknopf drehte, um einen Sender zu suchen.

Weil mir ein Motorrad entgegenkommt, und entgegenkommenden Motorrädern misstraue ich aus Prinzip, achte ich nicht auf das Navi, sondern konzentriere mich auf den behelmten Raser. Kaum ist er an mir vorbei, meldet sich die Stimme zurück.

»Fahren Sie für zwanzig Kilometer geradeaus!«

Nichts anderes hatte ich vor, meine Liebe!

Ich weiß nicht, ob ich das nur gedacht oder leise vor mich hingemurmelt hatte. Auf jeden Fall knackt es wieder im Gerät, und ich vernehme ein leicht pikiertes »Bitte! Bitte fahren Sie jetzt für neunzehn Kilometer geradeaus!« Die höfliche Stimme rutscht ab in ein grantelndes Knurren. Ich kann nicht anders, ich muss lachen. Wahrscheinlich ist es ein billiges Navi, vom Supermarkt oder über eBay ersteigert, in Indien oder China programmiert, wo man es mit der Technik nicht so genau nimmt. Das Navi übergeht mein Lachen mit eisernem Schweigen, es kratzt mich nicht.

Draußen fliegt die Landschaft vorbei, Kühe grasen friedlich auf der Wiese, ein Bach schlängelt sich am Waldrand entlang. Ich drehe das Radio an, finde ein Klavierkonzert, das Navi schweigt noch immer.

In einiger Entfernung sehe ich rechterhand die Feldkapelle. Dahinter, erinnere ich mich, ging ein Landwirtschaftsweg zum Hinterhochberger Tal ab. Und von dort war es dann nur noch ein Katzensprung bis zur Teufelsstiege, einer engen steilen Serpentinenstraße, die zum Bergschlösschen hinaufführt, wo für neunzehn Uhr mein Vortrag angesetzt ist. Nähme ich diese Abkürzung, käme ich früher an und könnte vorher noch in Ruhe etwas essen und trinken.

Das Navi rührt sich nicht, als ich kurz darauf in den holprigen Land- und Forstweg einbiege, aber nach nicht einmal fünf Metern meldet es sich säuerlich: »Bitte wenden Sie bei nächster Gelegenheit!« Aus den Augenwinkeln sehe ich, wie der Pfeil auf dem kleinen Monitor des Geräts knallrot wird und eine energische U-Kurve vollführt.

»Wenden Sie bitte jetzt!«, befiehlt mir das Navi erneut, ich habe das Gefühl, dass die verbindliche Stimme meiner unsichtbaren Orientierungsgehilfin gereizt ist.

»Nö«, sage ich, »das stimmt schon. Ich kenne die Strecke.«

Ich versuche, einen gelassenen Ton anzuschlagen. Der aber scheint meine Navigatorin nicht zu beruhigen.

»Wenden Sie! Wenden Sie jetzt sofort!«

Ihr Knurren hört sich nicht mehr an wie ein technischer Fehler, sondern so, als säße eine missgelaunte Löwin neben mir auf dem Beifahrersitz.

»Jetzt ist aber gut«, sage ich. Die Unerbittlichkeit des Geräts ärgert mich. »Ich kann schließlich fahren, wie und wohin ich will«, fauche ich zurück, »ich bin ein erwachsener Mensch, kein Kind.«

Als ob sie meinen Unmut spürt, hält die Stimme tatsächlich die Klappe. Aber leider nicht lang. Schon eine Minute später knattert es erneut laut im Navigationsgerät. Vor Schreck hört der Pianist zu spielen auf, und schon meldet sich, hörbar aufgeregt, meine Wegweiserin.

»Biegen Sie in hundert Metern rechts ab und dann sofort wieder rechts!«

Ich bilde mir ein, sie redet hastiger als zuvor.

»Biegen Sie jetzt rechts ab und dann gleich wieder rechts!«

Du kannst mich mal, denke ich bei mir, nichts werde ich tun, und wenn du dich noch so sehr ereiferst. Aber vorsichtshalber presse ich meine Lippen fest aufeinander, damit mir nur ja kein Wort entschlüpft.

Aufgescheucht durch das Geräusch meines Autos, kreuzen vor mir drei Rehe die Piste und verschwinden in einem Roggenfeld, gleich darauf gelange ich an eine Art Wegekreuzung, ein asphaltiertes Wirtschaftssträßchen quert meinen Land- und Forstweg. An einer Ecke wachen Birken über ein schiefstehendes Marterl. Ich fahre geradeaus weiter.

Nur noch wenige Minuten durch den kleinen Wald vor mir, dann müsste linkerhand ein Tümpel kommen, danach würde mein Feldweg auf die Teufelsstiege stoßen, und ich hätte fünfundzwanzig Kilometer und ein gute halbe Stunde eingespart.

Aber gerade als der Pianist sich zurück an seinen Flügel wagt, erleichtert die ersten Takte spielt, überfährt ihn die despotisch belfernde Stimme aus dem Navi.

»Hör mit dem Geklimpere auf, und du biegst jetzt endlich rechts ab. Nein, zuerst drehst du, hier und auf der Stelle. Und dann rechts, rechts habe ich gesagt. Nein, wenn du gedreht hast, natürlich links, und dann sofort wieder links, nein, rechts. Du bringst mich ganz durcheinander.«

Jetzt bin ich wirklich empört. Ich halte an. »Hör mal«, schreie ich, »lass den Pianisten in Ruhe, der kann nichts dafür, und wenn hier einer jemanden durcheinander bringt, dann bist du das. Und wenn du endlich mal die Luft anhalten und zugucken würdest, wie ich fahre, würdest du sogar noch was dazu lernen. Schon mal was von lernfähigen Robotern gehört?«

Ich schimpfe ohne Unterlass, während ich wieder Gas gebe. Noch immer aufgebracht brettere ich durch das Wäldchen, werde erst ruhiger, als ich links den grünschimmernden Teich liegen sehe, rechts ein Getreidefeld, und endlich siegessicher auf die Teufelsstiege zuhalte, die vor mir in der Abendsonne liegt.

Da spüre ich einen Schlag. Ich könnte schwören, dass ich in letzter Sekunde ein triumphierendes Auflachen vernommen und eine Faust gesehen habe, die mich an die rechte Schläfe traf, bevor es das Lenkrad herumriss und mir schwarz vor Augen wurde.

Als ich wieder zu mir komme, wuseln Polizei, Feuerwehr und ein Krankenwagen um mich herum. Mein Auto entdecke ich, auf dem Dach liegend, im Straßengraben. Dass ich noch lebe, sei ein Wunder, behauptet der Notarzt neben mir und tätschelt meine Hand.

»Und das Navi?«, will ich wissen und versuche mich aufzurichten.

»Das Navi?« Wahrscheinlich vermutet der Mann, dass ich unter Schock stehe. Dabei weiß ich genau, dass die Faust aus dem Armaturenbrett herausgeschossen kam.

»Das Navi ist kaputt.« Nachsichtig, als sei ich ein Kind, bedeutet er mir, mich wieder hinzulegen.

»Sie ist wirklich kaputt?«, frage ich noch mal. Hoffnungsvoll.

»Sie?« fragt der Arzt wieder zurück, aber ich antworte nicht. Geschieht ihr recht, dieser besserwisserischen, rechthaberischen, tyrannischen Stimme. Das hat sie nun davon.

Nur um den armen Pianisten tut es mir leid. Er hat so schön gespielt. Und auch um die Arbeit, die ich mir wegen des vermaledeiten Vortrags gemacht hatte, der nun geplatzt ist. »Der Mensch, Produkt seines freien Willens«, lautete mein Thema. Es scheint, ich habe mich geirrt.

Die Gräte

Schon beim Gruß aus der Küche – Praline von getrüffelter Leberpaté auf Rote Bete-Streifen an Calvadosschaum – verzog mein Mann das Gesicht.

»Was soll das sein?«

»Du hast es doch gehört: Leberwurst auf Roter Bete.«

»Schmarrn«, sagte mein Mann und schob den Teller von sich weg.

Jürgen liebt es deftiger, mit dem modernen Küchenchichi kann er nichts anfangen. Man sieht es ihm auch an. Einen Waschbrettbauch hat er nicht. Brauch ich auch nicht mehr in meinem Alter, sagt er, obwohl ich nichts dagegen hätte, wenn er ein paar Kilo weniger auf die Waage brächte. Aber irgendwie kann ich ihn dann auch wieder verstehen. Ein schön paniertes Schnitzel hat etwas Bodenständiges, und Bratkartoffeln mit Sülze zeugen von guter alter Hausmachertradition. Aber für einen Klacks pürierter Leber, Praline genannt, auf einem einzigen mit dem Sparschäler gehobeltem Scheibchen Rote Bete, veredelt mit einem Tropfen weiß-der-Himmel-wie schaumig geschlagenem Calvados, – ich bitte Sie! – für so etwas hat Jürgen kein Verständnis, und er ist auch nicht bereit, derartige Zumutungen gelassen hinzunehmen. Entsprechend demonstrativ schob er das Vorspeisentellerchen von sich.

»Gib es mir«, flüsterte ich und schämte mich für ihn. »Mein Mann hat eine Allergie gegen Leber«, erklärte ich dem Herrn neben mir, der verständnisvoll nickte.

Von Anfang an schmeckte Jürgen die Einladung des Chefs nicht. Alles rausgeschmissenes Geld, belferte er. Als oberster Finanzbuchhalter der Firma mag er vielleicht recht haben; ich war dennoch nicht seiner Meinung, es war ja nicht sein Geld, das hier verspeist wurde. Der alte Chef war immer knauserig gewesen. Es schadete nichts, dass der Sohn sich nun von einer anderen Seite zeigte. Seit einem Jahr war er dabei, den verkrusteten Betrieb umzukrempeln, sozusagen frischen Wind durch die Werkshallen zu pusten und das Betriebsklima aufzumöbeln. Ein Jahr im Chefsessel war dem Junior eine Feier wert gewesen. Er richtete für die Familien der Arbeiter und kleinen Angestellten ein Sommerfest aus mit Freibier und Kinder-Hüpfburgen; die engsten Mitarbeiter der Führungsetage aber wurden samt ihren Frauen zum Essen ins Restaurant geladen. Und wie um zu zeigen, dass es ihm ernst war mit seinen Neuerungen, hatte der Chef ein Restaurant ausgewählt, das für seine ungewöhnlichen Küchenkreationen bekannt war.

Als der Kellner die Vorspeise brachte, Wachtelbrüstchen an lauwarmem Linsencomposé, wurde sie von meinem Mann genauso misstrauisch begutachtet wie das vorangegangene Amuse-bouche. Aber wenigstens aß er davon, wenn auch heftig kauend, und ich wollte schon aufatmen, auch deshalb, weil alle am Tisch die raffinierte Zusammenstellung lobten, als er laut und vernehmlich: »Die Linsen sind ja noch hart!« in die Runde posaunte.

Schlagartig erstarben die Gespräche, und der Chef blickte ihn und mich irritiert an. Ich lächelte betreten, am liebsten hätte ich mich in ein Mauseloch verkrochen. Vermutlich dachte jetzt jeder, dass bei uns zu Hause, wenn es mal Linseneintopf gab, die Hülsenfrüchte wie früher bei Muttern zu einem mattbraunen Brei verkocht waren. Dummerweise hatten sie recht. Aber soll ich es riskieren, dass Jürgen drei Tage lang nicht mehr mit mir redet? Die Nerven habe ich nicht.

Wenigstens die Suppe, Pastinakencreme mit Croutons und Gin-Sahne-Häubchen, war in Ordnung. Suppe ging bei meinem Mann immer. Er entspannte sich und beteiligte sich an der wieder in Gang gekommenen Unterhaltung. Ich warf dem Chef noch einmal einen entschuldigenden Blick zu, aber der hatte sich längst seiner Tischnachbarin zugewendet und schien den peinlichen Vorfall schon vergessen zu haben.

Dann kam die Hauptspeise – und damit das Verhängnis. Hätte Jürgen sich doch nur für das Lammfilet in zarter Knoblauchrotweinkruste entschieden! Aber nein …

»Da stink ich ja drei Kilometer gegen den Wind«, hatte er geltend gemacht, »ich bin doch kein Türke.« Worauf Herr Gülükoglu, Leiter der Produkt- und Designentwicklung, ein freundlich aussehender Endvierziger mit grauen Schläfen, den Kellner um eine Extraportion Knoblauchzehen bat.

Jürgen hatte sich also gegen Fleisch und für Fisch entschieden, Fisch im Krabben-Kaviar-Bett an Blumenkohl. Rücksichtsvoll wie ich bin, tat ich es ihm gleich, obwohl ich lieber mit Herrn Gülükoglu das Lamm genommen hätte.

»Hoffentlich ist der Blumenkohl wenigstens nicht mehr roh wie die roten Rüben und die Linsen«, bemerkte Jürgen bissig. Seine Augen funkelten angriffslustig, und ich wusste, dass er gerade im Kopf die Rechnung für dieses missglückte Mahl überschlug.

»Herausgeschmissenes Geld für nix und wieder nix«, bruttelte er abermals so laut, dass es die ganze Umgebung mitbekam. Mein Mann war auf dem besten Weg, allen den Appetit zu verderben. Nur Herr Gülükoglu schien sich nicht stören zu lassen.

»Vorzüglich, dieses Lamm«, verriet er mir. »Möchten Sie einmal kosten?«

Tief über meinen Teller gebeugt, probierte ich den Fisch, den Blumenkohl, die Krabben. Mir schmeckte es. Jürgen hingegen stocherte grantig in seinem Gemüse herum, schob sich schweigend die Gabel in den Mund. Fisch, Blumenkohl, Blumenkohl, Fisch.

»Warum gibt es keine Kartoffeln dazu?«, maulte er, und ich war überzeugt, er rechnete im Stillen schon wieder: Hauptspeise ohne Beilage! 28 Euro! Na, wunderbar! Und dann hörte er plötzlich auf zu kauen, öffnete kurz den Mund, schloss ihn wieder und begann heftig zu schlucken. Sein Kinn ruckte vor und zurück, das Gesicht lief rot an.

»Alles in Ordnung, Schatz? Dein Herz?«, fragte ich besorgt, als ich sah, wie sich kleine Schweißperlen auf seiner Stirn bildeten. Automatisch griff ich zu meiner Handtasche, die am Stuhl hing, und suchte das Fläschchen mit den Herztropfen, das ich immer bei mir hatte.

»Schmarrn!«, fispelte mein Mann. »Eine Gräte!«, und deutete auf seinen Hals. Er tat, als sei er am Abnibbeln! Jürgen liebt es, zu übertreiben. Erleichtert steckte ich die Medizin wieder ein, reichte ihm dafür Wasser und das Körbchen mit Brot.

Doch die bewährten Hausmittelchen, viel Wasser, viel Brot zu Brei kauen und langsam schlucken, schienen nicht zu helfen. Er schluckte und schluckte, schlang, würgte, die Gräte wollte nicht rutschen. Seine Gesichtsfarbe wechselte von rot zu weiß und wieder zurück zu dunkelrot. Alle ließen ihr Besteck sinken, und Herr Gülükoglu schaute voller Mitgefühl zu meinen Mann hoch, der, die personifizierte Empörung, aufgestanden war und sich an die Tischkante klammerte.

»Den Koch will ich sprechen. Sofort. Gräte im Fisch! Eine Frechheit.«

Jürgen krächzte, hustete, deutete anklägerisch auf seinen Mund, den er weit aufriss und den Kollegen hinstreckte. Jeder konnte seinen Goldzahn sehen und die Zahnlücke davor, für die er kein Implantat gewollt hatte. Viel zu teuer, nichts als Geschäftemacherei, hatte er damals geschimpft.

Als er es also nunmehr geschafft hatte, dass niemand mehr aß und die Stimmung bei Tisch völlig im Eimer war, winkte der Chef nervös den Kellner heran und wechselte ein paar eindringliche Worte mit ihm, während ich versuchte, meinen hyperventilierenden Gatten zu besänftigen. Vergeblich.

»Lassen Sie mich mal sehen«, bat Herr Gülükoglu, drückte meinen Mann auf den Stuhl zurück und beugte sich über ihn. Zuerst zuckte Jürgen zurück, aber dann, seine Not musste in der Tat groß sein, öffnete er den Mund, um seinen Kollegen hineinschauen zu lassen.

»Die Gräte kann ja auch nicht rutschen«, verkündete Herr Gülükoglu kurz darauf den hilflos im Kreis herumstehenden Kollegen nebst Frauen. »Die Gräte steckt nämlich in der Mandel, in der linken.«

»In der Mandel?« Mein Mann schrie auf, »Das überleb ich nicht!«

»Daran sterben Sie nicht«, versicherte ihm Herr Gülükoglu. »Bleiben Sie ganz ruhig, ich versuche, sie rauszuziehen.«

Aber noch bevor der freundliche Retter mutig mit Daumen und Zeigefinger in Jürgens Rachen fahren konnte, um nach der Gräte zu fischen, presste dieser die Lippen schon wieder fest aufeinander.

»Einen Arzt will ich«, zischte er durch die Mundwinkel, »… einen Arzt, und dieses Restaurant werde ich verklagen.«

Herr Gülükoglu zuckte mit den Schultern und ließ von seinem Patienten ab. Ich aber stand hilflos an der Seite meines Gatten und musste zusehen, wie er keuchte und japste.

»Sei doch nicht so uneinsichtig, lass dir doch helfen«, beschwor ich ihn und tupfte ihm mit der Serviette den Schweiß vom Gesicht.

»Ich will einen Arzt«, beharrte er.

Dann heulte draußen das Tatütata des Notarztwagens auf, ich tätschelte noch tröstend die Hand meines Mannes, da sackte er auf seinem Stuhl zusammen. »Herzinfarkt«, stellte der junge Mediziner fest. »Sofort ins Krankenhaus!«

Doch es war bereits zu spät.

Der Chef ließ sich nicht lumpen.

Obwohl mein Mann ihm den schönen Abend verdorben hatte, war der Firmenkranz der üppigste von allen. Rausgeschmissenes Geld, dachte ich und wischte mir eine Träne aus den Augen. Aber ich gönnte Jürgen die Blumen, er war ja kein Unmensch gewesen, mein Mann, nur ein bisschen stur und eigensinnig. Hätte er mal auf mich gehört und seine Herztropfen genommen! Aber nein, Schmarrn, hatte er gesagt, er wusste ja immer alles besser.

Als der Pfarrer am offenen Grab den Umstehenden zu bedenken gab, wie unverhofft der Tod sich des Menschen bemächtige, musste ich denken, dass es doch nur ein dummes Missgeschick gewesen war, ein verhängnisvoller Zufall.

Oder sollte ich statt Zufall Fügung sagen?

Denn nun gehen Herr Gülükoylu und ich manchmal gemeinsam essen. Wir mögen schwäbische Maultaschen und das türkische Imam Bayildi ebenso wie ein Sieben-Gänge-Menü beim Franzosen. Und wenn es uns einmal nicht ganz so gut schmeckt, lächelt Orhan und erzählt die Geschichte seiner Großmutter, die, als er Kind war, versehentlich Salz statt Zucker in die Süßspeise geschüttet hatte. Und die ganze Familie aß anstandslos. Ohne mit der Wimper zu zucken. Denn eine Großmutter stellt man nicht bloß. Und ein Missgeschick kann schließlich jedem einmal passieren.

Über die Autorin

Petra Reategui, geboren 1948 in Karlsruhe, war nach einem Dolmetscher- und Soziologiestudium Redakteurin bei der Deutschen Welle. Sie arbeitet heute als freie Autorin in Köln und schreibt neben Kurzgeschichten überwiegend Romane und Kriminalromane mit historischem Hintergrund. www.petra-reategui.de